美少女しかいない生徒会の議題がいつも俺な件

恵比須清司

ファンタジア文庫

3488

口絵・本文イラスト　ふわり

美少女しかいない
生徒会の

議題がいつも
俺な件

プロローグ

この学校は生徒会を中心に全てが回っている——

あなたが通う高校の特徴は何ですかと問われたら、俺なら即座にそう答えるだろう。

ここ美波沢《みなみさわ》学園は伝統的に生徒会が大きな影響力を持っている。

生徒の自主性を重んじるという校風から権限が強く、学校生活のいろいろな場面で生徒会の存在を肌で感じることが多い。

学生からはもちろん教師陣からも信頼が厚く、生徒会のメンバーは文字通り生徒達の代表であり規範そのものだ。

そんなうちの生徒会だが、中でも今年は歴代で最強という評判だった。

役員全員が人望と実力のある生徒で固められ、しかもそれが美少女ばかりということもあって（主に男子からの）人気も異常に高く——……と、まあそれはさておき、とにかく現在の生徒会は生徒達からとても大きな支持を集めているのだ。

その中でも特に生徒会長である姫崎《ひめさき》さんの人気はすさまじく、男女問わず多くの生徒達から尊敬されていて、実は俺もその中の一人だったりする。

まあそれはともかくとして、そんな感じのすごい生徒会のある学校で、俺こと南条晴久《なんじょうはるひさ》は風紀委員を務めていた。

今は早朝の校門に立ち、風紀チェック——いわゆる登校してくる生徒達が服装規定などに違反していないかをチェックする仕事の真っ最中だ。

とはいえ、まだかなり早い時間なので生徒達の姿はまばらなのだが。

「登校時間まではまだまだあるな……」

俺は校舎の時計を見ながらそう呟《つぶや》く。

この時間帯に登校してくる生徒は部活の朝練とか委員会活動とかの用事がある人間ばかりで、しかもそういう生徒達は大方キッチリしてるから風紀チェックに引っかかることはまずない。

いや、そもそも生徒会が上でしっかり機能して学校全体の雰囲気が常に引き締まっているので、風紀チェックに引っかかる生徒自体がほとんどいないのだ。

じゃあそんな活動する必要ないんじゃないかって思われるかもしれないが、それでもこういった睨みをきかせているからこそ緊張感が保たれるという側面もある。

「……暇だな」

が、やることが少ないというのは事実で、俺は自然に出るあくびをかみ殺しながら校門の方へと向き直った。

――タッタッタ……。

とその時、不意に小走りに近づいてくる足音が聞こえてきた。

誰か登校してきたのかと振り向く俺。

でもこんな早い時間に走ってくるのはなんでだろう？　と思っていたが、そんな疑問はすぐに吹っ飛んだ。

なぜならやって来たのは他でもない、ついさっきまで考えていた当の姫崎会長その人だったからだ。

――ただし、俺のイメージする会長とはまるで違う姿で。

「会長⁉　ど、どうしたんですかその格好は……⁉」

議題①　自分が昔会った女の子だと思い出してもらうにはどうすればいいかしら？

とある放課後。生徒会室ではいつもの通り円卓を思わせるような机を役員達が囲みながら、皆が黙々とそれぞれの仕事をしていた。

キリッと引き締まった空気が室内を満たしていたが、その元となっているのはもちろん会長席に座っている姫崎優里奈《ゆりな》その人だ。

歴代最強と言われる現生徒会のリーダーを務める生徒会長。

成績、人望、人柄、全てを兼ね備えながら、さらに超級の美少女でカリスマ性まで持ち合わせ、誰からも慕われているという反則レベルの完璧超人。

姫崎生徒会長がかもし出す凛《りん》とした雰囲気は、まるでその場を支配するように人々に影響を与えるが、生徒会室では特にそれが顕著だった。

ただ無言でペンを動かしているだけで威厳のようなものさえ感じさせるのだ。

「……舞島《まいしま》さん、先日のアンケート結果はどうなってるかしら？」

そんな会長が、ふと書類から顔を上げてそう訊《たず》ねた。

「あれならもうまとめ終えてデータをサーバーにアップしていますわ。ＰＤＦの方も作っておきましたので、そのまま資料として使ってくださいな」

それに答えたのは、副会長の舞島杏梨《あんり》だった。

長く艶やかな黒髪の和風美人で、生徒達からは太陽のような会長と比較して月のようなとたとえられる美少女だ。

おっとりとしたお嬢さま口調で密《ひそ》かなファンも多い彼女だが、雰囲気に反して受け答えはハキハキとしており、ずば抜けた事務処理能力の持ち主でもある。

「ありがたく使わせてもらうわ。早瀬《はやせ》さん、部活の予算の件はどう？」

「もう終わってるよ。運動部では男子バスケ部が最後までゴネてたけど、僕が直接話をつけてきたから大丈夫。女子バスも味方してくれたしね」

続いて答えたのは会計の早瀬香菜《かな》だ。

ショートカットの髪に中性的な顔立ちを持つ美少女で、そのボーイッシュな雰囲気から特に女子からの絶大な人気を誇る王子さまである。

一人称が『僕』な点からもわかる通り本人の言動も王子さま然としており、美少女ぞろいの生徒会に女子の支持を取り付ける大きな要因となっている存在だったりする。

「助かるわ。これで部費関連は片付いたわね。ところで南条さん、この前の委員会の議事録は今確認できるかしら？」

「作成してあります。それから部活の予算会議の議事録もできていますから、お時間のある時にでも目を通しておいてください」

そう言って書類を差し出したのは書記を務める南条渚《なぎさ》。

生徒会のメンバーの中で唯一の一年生で、やや小柄ながらクールな雰囲気の美少女だ。非常に生真面目《きまじめ》な性格の持ち主で、規範意識がとても強い。一年生ながら、生徒会の引き締まった空気に最も寄与している人物でもある。

この四人が現在の生徒会を構成するメンバーだった。

皆が会長を中心に一つにまとまり、テキパキと執務をこなしている。

その仕事能力の高さはまさに歴代最強の名に相応《ふさわ》しく、もはや生徒会がなければ学校の運営自体が立ち行かないと言われるのも頷《うなず》けるレベルだった。

もっとも、その中でもやはり当代生徒会長は別格なのだが。

「ありがとう、見ておくわね。ああ、そういえば来週の文芸展示会の資料だけど――」

「あ、ごめんなさい。それはこれから準備するつもりでしたわ」

「違うのよ舞島さん、もう私の方で用意したからやらなくていいと言おうと思って」

「え、優里奈さんがもう？」

「ええ、ちょっと時間が余ってたからついでにね」

「いやいや、僕達以上の量の仕事をこなしてるはずの会長がなんで時間が余ってるんだって話だよね。ってそういえば、男バスの連中が妙に聞き分けが良かったのも、もしかして会長が裏から手を回してくれてたり?」

「大したことはしてないわ。女子バスケ部の部長さんと一緒に少しお話をしただけよ」

「かなわないなぁ……」

「さすがです。やはり私が尊敬する会長ですね」

「ありがとう南条さん。ところでこの議事録、誤字がいくつかあるから修正お願いね」

「え? あ、も、申し訳ありません」

そう言ってニコリと笑う会長に、渚は慌てて書類を受け取る。

そうしている間もマルチタスクで他の書類にサインをしている会長を見て、杏梨や香菜は改めて姫崎生徒会長のすさまじさに感心するのだった。

こういった光景が繰り広げられながら今日も生徒会はその職務をいつも通り完璧にこなしていくわけなのだったが、そんな中でふと、会長がどこか緊張したような面持ちで重々しく口を開いた。

「……ところで、今年の生徒会メンバーは非常に優秀なスタッフが集まってくれたと思っているわ。あなた達となら、きっとどんな問題も解決していけるでしょうね」

厳かな口調で唐突にそんなことを言われ、メンバー達は驚いて顔を上げる。

「急にどうしたんですの優里奈さん？」

「うん、ずいぶんと改まった口調でさ」

「問題とは、何かあったのですか？」

「ええ、とても大きな問題が発生してしまったのよ」

その一言で空気がさらにピリッと引き締まる。

メンバー達は互いに顔を見合わせると、すぐに決意を込めた表情で頷き合い会長の方へと向き直った。

「是非その問題について話してくださいな、優里奈さん。どんな問題でも、生徒会の一員として力の限り取り組みますわ」

「その通り。会長直々に優秀だなんて言われたらもうがんばるしかないよね」

「会長のご期待に沿えるよう、全力を尽くします」

やる気を見せるメンバー達。

だがその表情は、次の会長の一言ですぐに驚きに変わった。

「ありがとう皆。で、問題というのは、実はとある女子生徒から相談を受けていてね。その相談というのが……、端的に言えば恋愛相談なわけなのだけれど……」

「「「え？」」」

あまりに意外過ぎる内容に、全員が思わずポカンと口を開ける。

「どうしたの？　意味が伝わらなかったかしら？」

「い、いいえ、そうではありませんわ。ただ……」

「……うん、ちょっと想定外すぎて驚いた」

「私もです。そんな相談が寄せられてたなんて知りませんでした。……相談コーナーにもそんな相談は来ていないようですが」

ノートPCを見ながら首を傾《かし》げる渚。

ちなみに相談コーナーというのは生徒会の運営するブログにあるもので、ウェブ上で生徒達からの相談を受け付けるプラットフォームのことだ。

「それはまあ、その子から直接相談を受けたから」

なぜか視線を逸《そ》らしながらそう答えつつ、会長は続ける。

「……こほん。つまりね、とある女子生徒から好きな男の子のことについて直接相談されたはいいのだけれど、どういう答えを出せばいいか悩んでしまって。それで皆の意見を聞きたいと思ったわけなの」

「そうだったのですか。しかし、生徒会に恋愛相談とは珍しいですね」

「珍しいというか初めてじゃないかな。少なくとも僕の知る限りでは」

「そうですわね。普段来る相談は学校生活や勉強のことなどですし、生徒会に恋愛の相談というのもちょっとおかしな感じがしますけれど」

杏梨のその言葉に、会長は再度咳払《せきばら》いをして、

「確かに舞島さんの言う通り生徒会への相談としては少し筋違いかもしれないけれど、困っている生徒に寄り添うというのが生徒会の信条だから、相談の内容がなんであれ真剣に考えないといけないわ」

毅然《きぜん》とした態度でそう答えた。

そんな生徒達のリーダーに相応しいといえる振る舞いに、生徒会メンバーは改めて会長に対して尊敬の念を抱く。

しかし会長はその時、またしても明後日《あさって》の方向に視線を逸らしていたのだが。

「優里奈さんの言う通りですわね。そうとなれば、いつものように皆で話し合って相談への答えを出しましょう」

「会長への相談は生徒会への相談と同じことだからね」

「会長に優秀と言われた以上、期待を裏切ることはできません」

やる気を見せる一同に、会長はどこかホッとした様子で「お願いするわ」と頷く。

「ところで、その恋愛相談の内容は具体的にどんなものなんですの？」

「そうね。端的に言うと——相談者には好きな男の子がいて、どうにかしてその気持ちに気付いてほしいということなのだけれど」

「そういう恋愛の相談ってさ、思い切って告白すれば解決することばかりだと思うんだけど、やっぱりそれは無理だよね？」

「それができればそもそも相談なんてしませんわよ」

「まあそうだよねぇ」

「相談者はその男の子のことが本当に好きなのよ。だから絶対に失敗は許されないの。万が一拒絶でもされたりしたら、とてもじゃないけれど耐えられないわ」

「まるで自分のことのように聞こえます。そこまで真剣に相談者さんの心に寄り添えるなんて、やはり会長はすごい人です」

「……まあ、そんな感じで力説されたから、なんとか力になってあげたくて」

目を輝かせる渚に、会長は少し頰を赤らめる。

「でもそうなると、告白はできないけれど相手に振り向いてほしいという相談になるわけですわね」

「そうね。だから難しいのだけれど」

「こういうのってさ、やっぱり距離が近いことが大事なんじゃないかな。普段からその相手と一緒にいて話をしたりして、少しずつ仲を深めていくのはどうだろう」

「残念ながらそれは難しいのよ早瀬さん。相談者と男の子は違うクラスだし、全然接点がないってわけでもないけれど、世間話をしたりする間柄でもなくて」

「その相手と同じ部活に入るというのはどうでしょう？」

「男の子は部活に入ってないからそれも無理ね」

うーん、と考え込む一同。

生徒会役員の使命だからか、それとも会長の熱が移ったからか、全員が真剣な顔で相談について頭を悩ませているようだった。

「難しいですわね。優里奈《ゆりな》さん、その相談者の女子はどんな方なのでしょうか？　そこがわからないと有効な解決策も出せない気がしますわ」

「それは――相談者のプライバシーのことを考えると詳細は話せないわ」

「確かにプライバシーは大事だけど、でも情報不足のままだと杏梨の言う通り解決策の出しようがないってのもその通りなんだよね」

「早瀬先輩のおっしゃる通りだと思います。プライバシーに配慮した上で、何かわかることはないでしょうか？　たとえば、その相手を好きになったきっかけなど」

　皆からそう言われ、会長は少し考えた後に口を開いた。

「そうね……。詳しくは言えないのだけれど、実はその相談者と男の子は昔出会ったことがあるのよ。相談者はその時のことがきっかけで男の子を好きになって、高校で偶然再会したという形なの」

「へえ、過去にフラグがあったってわけだね。……え？　でもじゃあ相手も相談者のことをその時の子だって知ってるわけだよね？」

「そうですわ。それならその再会がきっかけで会話が弾みそうなものですけれど」

「それが、男の子の方は相談者に気付いていないのよね」

「どうしてでしょうか？」

「それは……、これも詳しくは話せないのだけれど、相談者の外見が昔とかなり変わっているからなのよ」

　会長のその言葉に、皆が意外そうに目を見開く。

「つまり、イメチェンしちゃったってこと？」

「そういう感じではないのだけれど……、まあ平たく言えばそうなるわね」

「だから、同一人物だとは気付かれていないというわけですか」

「じゃあ相手に、私はあの時の女の子ですって言えばいいんじゃ――……って、それはダメか。『で？』って感じで流されたらおしまいだもんね」

「そうね。それに当時と今ではイメージも違いすぎて反応に困る可能性が高いし」

「でも、いずれは気付かれることではないでしょうか？」

「むしろ気付かれないとダメなことだよね。とはいえこっちからバーンって明かしても、会長の言う通り戸惑われるだけかもしれないし」

再びうーんと唸《うな》る一同。

だがその時、ずっと黙って考え込んでいた杏梨《あんり》が言った。

「つまり、相談者さんの希望は自分の好意を相手に気付いてほしいということですが、そのための一歩としてまず自分がその時の女の子だと相手に気付いてもらう必要があるということですわよね？」

「そう……、そうなるわね。ええ、舞島《まいしま》さんの言う通りだわ」

「でもそれが昔と外見が違うので難しいということであれば、その昔の外見を再現してみせればいいのではないですか？」

「それは……、ちょっと難しいわね。その、髪色とかも違うし」

「そこまで大々的にする必要はなくて、もっとさりげない感じでも気付いてもらえるかもしれませんわよ。そう、たとえば……、服装だけ再現するとか」

「え？」

　杏梨の発言に、会長は一瞬キョトンとした顔になる。

「服装とか仕草とかそういうちょっとしたことでも、当時を連想させることができたら気付いてもらえるかもしれませんわ」

「確かに、記憶というのは少しのキッカケで思い出すものです」

「『あれ、そういえば……』って思わせることができれば、それが『もしかして……』につながる可能性もあるしね」

　渚《なぎさ》と香菜《かな》も賛同する中、しばらく真剣な表情で考え込んでいた会長だったが、

「……そうか。それなら、確かにできるかもしれない……！」

　やがて、珍しくちょっと興奮した様子で顔を上げた。

「素晴らしい意見をありがとう、舞島さん」

「いえいえ、生徒の相談に応えるのは生徒会役員として当然のことですわ」

「早瀬《はやせ》さんと南条《なんじょう》さんもありがとうね。とても助かったわ」

「お礼なんていいよ。皆で話し合うってのがいつもの生徒会スタイルなんだし」

「会長の、ひいては相談者さんのお力になれたなら幸いです」

「ええ、大いに力になったわ。『当時を思い出すような服装を見せること』ね……。どうして今まで思いつかなかったのかしら……。なにはともあれ、これを生徒会の回答として相談者に伝えておくことにします」

普段よりもやや高いテンションでそう宣言する会長に、同じく満足げな様子で拍手を送る生徒会メンバー達。

生徒から寄せられた相談を生徒会が一丸となって真剣に考える。

今日もその姿勢通りに取り組みが行われ、無事解決策が導き出された。

そしてその解決策を『相談者』は早速実行することになる——のだが……。

▽

「会長⁉　ど、どうしたんですかその格好は……⁉」

俺の驚きの声が早朝の校門前に響いた。

登校してきた会長の姿を見て、思わず叫ばずにはいられなかったのだ。

「あら、どうしたの南条くん？」

当の本人は不思議そうに首を傾げているが、どうしたもこうしたもない。

乱れていたのだ。服装が。それも大いに。

……い、いや、乱れてるなんてもんじゃない。明らかにおかしい。

ブレザーの前ははだけ、シャツのボタンは外れてリボンは緩み、そしてスカート丈があからさまに短かった。

まるで服装の乱れの悪い見本のようなその格好に、俺は開いた口がふさがらない。

「あの、服装がおかしいようなのですが……」

とはいえ、動揺しながらもなんとかそう告げる俺。

内心では「いつもキチッとして生徒達の見本となるような人なのにどうして……⁉」と混乱していたが、なんとか職務を思い出し気を取り直す。

「え？　そうかしら？　自分ではよくわからないけど」

「いやいやいや！」

しかし、返ってきたその答えにまた驚愕《きょうがく》。

……か、会長相手に思わず全力でツッコんでしまった。

「あ、明らかにおかしいでしょう。普段と全然違うし。胸元とか普通に見え……！」

と、そこまで言って慌てて口をつぐむ俺。

実はさっきからハッキリと谷間が見えているのだが、とてもじゃないがそんなことを口にできるはずもなかった。

頭の中では「大きい」「デカい」という単語がグルグル回っていたけど、なんのことかは訊《き》かないでほしい。そういうことです。

「む、胸元が緩んでいます。シャツのボタンを留めてください」

「あらそうだった？　ごめんなさい、急いでいたから気が付かなかったわ」

「急いでたって、どうしてです？」

「……遅刻しそうになって」

「いや、まだ思いっきり早朝ですけど⁉」

「生徒会の仕事があるのよ。それで焦《あせ》って来たから、身だしなみに気を遣う余裕がなかったの。不可抗力というやつね」

そう言ってなぜか目を逸《そ》らし、一人でうんうんと納得している会長。

いくら焦ってたからって、ここまで着衣が乱れることなんてあるのか……？　と思ったが、あまりに自信満々に言い切るので俺は何も言い返せなかった。

「と、とにかく、身だしなみを整えてください」

俺は会長を直視しないよう気をつけながら改めて言った。

相手が生徒会長だろうが、風紀委員としての職務は果たさないといけない。

「……………………あの？」

「何かしら？」

だが、しばらく待っても会長は一向に動く気配がなかった。

「ですから、シャツのボタンを留めてくださいと……」

「いえ、まだ早いわ」

「……何が？」

「つまりその、走って来たから身体《からだ》が熱くて。ほら、暑い日だと皆こうやって胸元を開けたりするじゃない？」

「それはそうかもしれませんが……」

「ああ熱い熱い」

会長はそう言ってシャツの胸元を引っ張りながら手をパタパタと扇《あお》ぐ。

すると一瞬黒い布地が見えた気がして、俺は慌てて目を逸らした。

……って黒⁉　いやいやいや、そんなバカな……！

「じ、事情はわかりますが服装規定は守ってください」

たまらず言う俺だったが、予想外な反応が返ってくる。

「ちょっと疑問があるのだけれど」

「疑問？」

「確かに服装規定には着衣の乱れがないようにという一文があるわ。でもふと思ったのだけれど、着衣の乱れって具体的にどういう状態を指すのか不明瞭ではないかしら？」

「……はぁ？」

一瞬何を言われているのかわからず、思わず素のリアクションが出てしまう俺。

「えーと……、どういうことです？」

「だから、定義が不明確だって言ってるの。着衣の乱れと一言で言っても、その状態はいろいろあると思うわ。果たして、今の私がその状態なのか、これは議論が必要なんじゃないかしら？」

……いやいや、何をおっしゃってるんですかあなたは。

今の会長の姿を見て、着衣の乱れについて議論する余地なんてないってのは、誰の目から見ても明らかでは？

だがあまりにも自信満々な態度の会長に、俺は一瞬自信が揺らぎそうになる。

「ごめんなさい南条くん。別にあなたを困らせようとしてるわけじゃないの。ただ私は純粋に疑問に思っただけなのよ。というわけで、私の着衣のどのあたりが乱れているか、具体的に指摘してほしいのだけど？」

そしてそんな中、生徒会長はまるで自分をもっとよく見るようにと言わんばかりに、一

歩前に踏み出してきたじゃないか。

意味不明な展開に、もちろん俺は混乱する。

だが落ち着け。要するに、着衣の乱れの基準をハッキリさせろと言われているだけだ。

「……ですから、シャツのボタンが外れています」

「だから、暑い日とかには皆外したりすることがあるわよね？　他にも息苦しかったりしてボタンを緩めることもあるし」

「会長の今の状態はそういうレベルを超えています」

「具体的にどう？」

「……その、見えてはいけないものが見えたりする危険性もあるので」

「見えてはいけないものとは？　もっと具体的に、詳しく」

……なんなんだよ、このやり取りは。

俺は努めて婉曲《えんきょく》な表現を保とうとするが、会長からの怒濤《どとう》の質問攻めでとうとうこう答えるしかなくなった。

「つまりですね、その、下着が見えてしまうこともあるというか……」

「それはつまり、今も下着が見えてるということ!?」

「なんでそこで勢いよく食いつくんです!?」

グイッと前のめりになる会長に、俺は思わず後ずさる。

「だ、大丈夫です。見てませんから」

「……そう。じゃあ着衣が乱れているとは言えないわね」

「いや、何でそうなるんです⁉　見えてしまう可能性があるからという話でですね！」

「本当に見てないの？」

「見てません！」

「ちなみに話は変わるのだけれど、南条くんの好きな色は？」

「なぜいきなりそんな質問を⁉」

反射的に「黒」と答えそうになったのをなんとか押しとどめる俺。

マジでなんなんだこの会話は……！

「と、とにかく早くシャツのボタンを留めてください。そんな会長の姿を他の生徒に見られたら大変ですから」

そんなわけのわからないやり取りが続く中、俺は会長から目を逸らしながら半ばヤケクソ気味にそう言った。

「え？　……あ、そういうことなら、そうね。仕方ないわ」

するとなんとか通じたらしく、会長はようやく胸元のボタンを留め始めた。

……ふう、よかった。なんであんなに食い下がられたのか意味がわからん。

あと仕方ないってなんだよ仕方ないって……。

ため息を吐《つ》いていると「これでいい？」という声が聞こえてきたので視線を向ける。

するとシャツもリボンも整っていて、やっと一息つけた。……長い道のりだった。

とはいえ、風紀チェックはまだ終わってはいないのだが。

「……胸元はそれでいいです。ですがまだ、その……、スカートの問題があります」

「そうね。そっちが本命よね」

「本命って何ですか⁉」

おおよそ注意を受けている側が発するとは思えない言葉に、俺はなんだか頭が痛くなってきた気がする。が、とにかく職務は遂行しなければいけない。

「こほん……。そのスカートですが、どう見ても短すぎますよね」

そう指摘しつつ、会長のスカートへと視線を向ける。

誤解はしないでほしいが、スカートの長さも服装規定にちゃんと一文が入ってるのだ。

「よかった、ちゃんと気付いてたのね」

「なんでちょっとうれしそうなんです⁉　それよりも、どういうことですかそれは」

俺が指さした会長のスカートは、明らかに長さが足りていなかった。

というかミニスカって表現さえも生ぬるいくらいかもしれない。

アニメやゲームのキャラがはいているようなあり得ない短さのスカート。

それをリアルで目にするとは思ってもみなかったし、着用しているのが他ならぬ生徒会長だっていうのも想定外がすぎる。

露《あら》わになった太ももに視線が吸い込まれそうになりつつも、俺は本能を何とか抑えて会長を見据える。色々な意味でまったくもってけしからん。

「どうしてスカートがそんな異常な短さになってるんですか。明らかな服装規定違反だってわかるでしょう」

「それはまあ、遅刻しそうになって焦っていたから」

「……焦るとスカートは短くなるんですか？」

「実はスカートって可変式なのよ」

「いやいやいやいや……」

スカート事情なんて男の俺にはわからなかったからもしかしてそうなのかもと一瞬納得しかけたが、やっぱり普通に考えてそんなことはないだろうと思い返す俺。

少なくとも、普通の長さがここまで短くなるなんてあり得ないはずだ。

「そんなわけがないでしょ会長。真面目に答えてくださいよ」

「……焦っていたから、サイズの違うスカートをはいてきちゃったみたいね」

シレッとした態度で答える会長だが、なんでこうも悪びれがないんだ……。

「間違って着用してきたって事情はわかりましたが、違反は違反ですよ」

「そう？　なぜ違反といえるのかしら？」

「なぜって、ですから服装規定に」

「なるほど、服装規定を守れというのは一見正しそうに聞こえるけれど、果たして本当にそうなのかしらね」

「え？　どういうことですか？」

突然意味不明なことを言われ、俺はキョトンとしてしまう。

「だから、その服装規定が本当に妥当かという話よ」

「いや、急にそんなことを言われても困るんですが。仮に規定の内容に問題があるというなら、それはちゃんと手続きを踏んで変える必要があります」

「そうね、その点についてはいずれ生徒会で議題に上げるとして……。ただわかってほしいのは、別に内容に文句を言ってるわけじゃないってことなの。今の私がその規定に引っかかるかどうか疑問という話よ」

「……いやいや、明らかに引っかかるでしょう」

俺は改めて会長のスカートに目をやる。

……いやマジで短い。こんなのちょっと動いただけでチラッと見えても不思議じゃないだろ——って、何を考えてるんだ俺は……！

「そのスカートでそれは無理があります。明らかに短すぎますよ」

「でもそれは南条《なんじょう》くんの主観に過ぎないわよね？　南条くんは短いって判断したかもしれないけど、私はそんな風には感じないわ。つまり、主観の相違ね」

「……えええ」

いや、それはさすがに無理があるのでは。

でもスカートってそうなのか？　多少短くても違和感とかなかったりするのだろうか？

……ううん、またしても女子の感覚はわからないからすぐに言い返せない。

「しかし、客観的に見て明らかにそれは……」

「そうそれ、大事なのは客観性よ。要するに客観的な指標があればいいわけなのよ」

とはいえ、規定には具体的にスカートの長さが何センチとかまでは示されてないぞ。

「つまり明記されてないから納得できないということですか？」

「別にそれでごねてるわけじゃないわよ。規定の運用に関しては風紀委員である南条くんの判断に従うわ。ただ納得しておきたいのよ」

「納得？」

「そう。南条くんが短いと言うのならきっとその通りなんでしょう。でも私はそうは思わないから、その感覚のギャップを埋めておく必要がある。つまり、今のスカートの長さを測れば具体的な数字として認識できるじゃない」

「な、なるほど。……なるほど？」

確かに会長の言ってることは論理的で、言われてみればその通りかもしれないと思ったけれど、すぐになんとなく腑《ふ》に落ちない感覚に襲われる。

だがそんなモヤモヤは、次の会長の一言で吹っ飛んでしまった。

「というわけで、測ってくれるかしら？」

「へ？　測るって、何をです？」

「だから、スカートの長さをよ」

「え………………、って、俺がですか⁉」

そのあまりにも衝撃的すぎる発言に、さすがに俺も冷静さを失う。

だが会長は平然としたまま俺の言葉にコクリと頷《うなず》いた。

「ど、どうして俺が……！」

「風紀委員としては当然の仕事なのではないかしら？」

「け、けど測るって言っても道具なんてありませんよ⁉」

「それは職務怠慢ね……」

ふーやれやれって感じの会長だけど、そんなこと言われてもないものはないんだから仕方ないじゃないですか⁉

「でも心配いらないわ南条くん。こういうこともあろうかと私の方で用意してあるから」

「なんで⁉」

そう言ってメジャーを取り出す会長に、俺はマジで驚愕《きょうがく》する。

こういうこともあろうかとって何⁉

ってか想定してたんならスカートが短いのがそもそもおかしくない⁉

ああもう、あまりの意味不明な流れにどこからツッコんでいいかわからん！

「はい、これで問題ないわね。じゃあ測ってちょうだい」

俺の頭の中は混乱の極みだったが、そんなことは気にしないとばかりにポンとメジャーを手渡してくる会長。

もちろん異論を唱えようと思ったが、会長の笑顔からなぜか有無を言わさぬ圧力のようなものが伝わってきて、結局何も言えずに従わざるを得なくなってしまう。

……し、しかし生徒会長のスカートを測るだなんて……！

「む、無理ですよ。俺は男ですよ？」

「男性はメジャーを使えないなんて話は初めて聞くわね」

「そ、そういうことではなくて、女子のスカートを測るなんて」

「でもそれが風紀委員の務めでしょう？」

「会長も嫌でしょう？　男にスカートの長さを測られるとか」

「大丈夫。南条くん相手なら、私は全然気にしないから！」

「この場面でそんな信頼されても困るんですけど⁉　というか、会長が自分で測ればいいじゃないですか！　わざわざ俺にやらせなくても！」

「……メジャーの使い方、知らないわ」

「そんな箸より重い物を持ったことがないみたいに言われても⁉　伸ばして当てて目盛りを見るだけでしょ⁉」

「……目盛り、読めないわ」

「長さを測るだけじゃないですか！」

「……センチメートル、わからないわ」

「ヤードポンド法の人ですか⁉」

「寸や尺ならわかったんだけれど……」

「今すぐ文明開化してください！」

んなわけあるか！　なんか物憂《ものう》げな顔で言ってるけど明らかに無理がある！

俺はさらに声を上げようとするが、その前に会長がバッとこちらに向き直り、有無を言わせない迫力で口を遮った。

「あなたは風紀委員でしょう？　だったら風紀を乱している生徒に対応するのが仕事のはず。スカートを測るのだって仕事のうち。女子相手だからって怯《ひる》んでいてはダメよ」

それはまるでこちらを奮い立たせるような響きだった。

その凛《りん》とした態度は、誰もが尊敬する生徒会長の姿そのもの。

……なんだけど、発言の内容はスカートを測るかどうかなわけで……。

いや、言ってることはまさにその通りで反論のしようもないのだが、なんだろう、この言葉にできない残念な気分は……。

少なくとも風紀を乱してる当の本人が口にする言葉じゃないよな？

「そ、それは確かにそうですけど」

「じゃあ測定をお願いね」

「……うう、わかりました」

とはいえ正論は正論だったので、有無を言わさぬ雰囲気も相まって頷くしかなかった。

……くそ、こうなった以上は覚悟を決めるしかない。

「と、とりあえずここではアレですから、個別指導室まで来てください」

「個別指導室⁉　つまりそれは、二人きりになるということ……⁉」

「今も二人きりですけど……？」

意味不明な反応の会長はさて置いて、俺達は校舎の方へと向かう。

……さすがに校門でスカート丈を測るなんて芸当は俺には無理だ。

それに、そんなことされてる会長の姿を誰かに見られるなんて絶対にダメだし……。

と、そんなことを考えながら個別指導室へと到着。

「……こ、ここなら少し大胆なことをしても……」

会長は何やらブツブツ独り言を口にしているが、気にしている余裕はなかった。

なにせこれから会長のスカート丈を計測しないといけないのだ。

だが会長の言う通り、これは風紀チェックの一環。何もおかしなことはない——

俺は自分にそう言い聞かせながらメジャーを取り出す。

そしてその場に跪《ひざまず》くと、会長のスカートを真っ直《ます》ぐに見据えた。

目の前には露わになった太ももがある。

思わず喉が鳴りそうになったのをなんとか抑え、俺は邪念を振り払った。

……会長相手に何を考えてる。これは仕事なんだ……！

脳内でそう繰り返しつつ、俺はメジャーを伸ばして測定を開始する。

ええと、やはりこういうのってスカートと膝の間を測るんだよな……。

「……南条くん、上を向いてはダメよ？」

「わかっています」

頭上から聞こえてくる会長の声に、俺はもちろんと頷く。

そんなこと言われるまでもなく、俺は最初から測定中は決して目線を動かすまいと心に決めていたからだ。

万が一――……その、見えてしまいでもしたら、会長のイメージを俺自身で汚《けが》してしまうことになりかねない。それだけは避けなければ。

「上を向いてはダメだからね？　絶対にダメだから」

「大丈夫です。心配いりません」

「本当にダメだからね？　見てはダメよ。絶対に」

「いや、ですから」

「……そういえば『押すなよ、絶対押すなよ』ってフリがあったわよね？」

「なぜ今そんな話を⁉」

他意はないわ、とシレッと言う会長。

他意はないかもしれないが、この状況では不適切極まりないんですが⁉

「と、とにかく安心してください。何があっても上は向きませんから」

「……それは見たくないということ？」

「いやそんな話してませんよね⁉　この状況で上を向くなんてあり得ないってことを言ってるんです！」

「むむむ……」

心配させまいと言ってるのに、なぜそんなリアクションが返ってくるんだ……？

そんな疑問を抱きつつも、俺は測定を続ける。

会長に直接触れないよう心がけながら、メジャーを空中で固定するのが難しい。

今までこういう作業をしたことがなかったというのもあるけど、なんか会長がしきりにモジモジ動くので、難しさに拍車をかけている。

「本当に上を向いたりしてはダメよ？　今ならちょっと視線を動かすだけで、簡単に見えてしまうかもしれないわけだからね？」

「だからこそ、そんなことはしません」

「……関係ないことだけど、真面目なだけだと世の中は渡っていけないんじゃないかというテーマで議論をしないかしら南条《なんじょう》くん？」

「唐突に何の話をしてるんです⁉」

「だから、別に特別な意図があるわけじゃないわ。なんというか……、そう、場の雰囲気を和ませようと思って」

「あえて和ませる必要のある場面ではないと思いますが⁉」

「あ、そうだ南条くん。可愛《かわい》い犬の動画があるんだけど、見る？」

「なぜ今⁉　結構です！」

「あ、南条くんは猫派だったかしら？　大丈夫、猫の動画もあるから」

「そういう問題じゃなくてですね⁉」

あれやこれやとやたら謎の話題を振ってくる会長。

内容も含めて現状に全くそぐわなくてマジで謎過ぎる。

けど、もしかしたら会長もこの状況に緊張をしているのかもしれない。

だったらなおのこと、この測定をさっさと終わらせないと。

「会長、少しジッとしててもらっていいですか。動かれると測りづらいので」

「いえ、南条くんの興味を引くような動画がないか探してて……」

「なんでそんなことを⁉」

どうやら会長はスマホをいじっているらしく、耳を澄ますとトントンと結構強めに画面をタップしているような音が聞こえてくる。

どうしてこんな時に……、とは思ったけど、とりあえず測定に集中する俺。

とにかくこの状況から早く脱しないと――そう思っていたのだが、その瞬間、頭上から不意にこんな音声が聞こえてきた。


――おはようございます、会長。


「え？」

「あっ！」

それは聞き覚えのある声で――っていうかまぎれもなく俺自身の声だったので、ついつい反射的に顔を上げてしまった。

すると当然、超ミニスカの会長を下から見上げる形になってしまうわけで、

（や、ヤバい！　見え――てない……！）

だが視界に入ってきたのはスカートと、そこからスラリと伸びる脚だけだ。

それ以外は何も見えていない。

これは神に誓ってもいいが、他には本当に何も見えなかった。

（……あ、危ない。よかった。ギリセーフ……！）

俺は状況に焦《あせ》りつつも、ホッと安堵《あんど》の息を吐く。

危うい状況だったがなんとか俺と会長の名誉は守られた――そう思っていたのだが。

「きゃあっ⁉」

次の瞬間、会長が驚いた様子でパッと後ろに飛び退《の》いたのだ。

そのはずみで、スカートがふわりと舞い上がる。

ほんのわずかな動きだったはずだが、もともとギリギリだったスカートはたったそれだけで隠すべきものを隠しきれなくなってしまった。

（……ま、また黒……⁉）

そんな言葉が脳裏に走ったと同時にタンッと会長が地面を踏む音が聞こえてきたかと思ったら、その後辺りに静寂がやって来た。

それは一秒にも満たない出来事のはずだったが、まるでスローモーションのようにハッキリと見えた。そして俺の目に焼き付いてしまった。

「……………………………見た？」

「……み、見てません」

「本当に？　本当に見てない？」

「本当に本当に見てません」

「いやでも、ちょっとくらいは見えたんじゃないかしら？」

「だから見てませんってば！　なんでそんなに食い下がってくるんですか⁉」

「非常に重要なことだからよ！　むむむ……、じゃあ見てないなら見てないで、せめて意識くらいはしてくれたの⁉」

いつの間にか顔を真っ赤にして、そんなことを言いながら迫ってくる会長。

距離の近さにもドギマギするが、言ってる意味がわからないのに圧がすごくて俺はすっかり混乱してしまう。

そんな中で「どうなの⁉」とさらに詰められたので、

「そ、そりゃ意識はしましたけど⁉」

と、俺はたまらずそう答えてしまった。

……でも仕方がないだろ⁉　こんな状況で会長の存在を意識しないでいるなんて無理があるって！　なんでそんなことをわざわざ訊《き》いてくるのか知らないけどさ！

そんな感じで俺がいっぱいいっぱいな状態でいると、

「そ、そう。ならいいわ」

不意に会長はそう言ってパッと距離を取った。

……た、助かった、のか？　なんか会長、満足げに腕を組んでるけど、何がどうなってるのかさっぱりわからないんだが……？

「ふ、ふふふ、意識してもらえたのならまずは成功ね……！」

「あ、あの、会長？　今のやり取りは一体……」

「え？　ま、まあその、個別指導室に連れてこられて少々テンションが上がってしまっていたみたいね」

「なぜ個別指導室に連れてこられてテンションが……？」

「と、とにかく、スカート丈の計測も終わったことだし、私はこれで失礼するわ」

「え？　あの、ちょっと？」

会長はそう言うと、早歩きでさっさと部屋を出て行ってしまった。

一人取り残された俺は、急な展開続きで頭がまるで追いついていなかった。

「……会長、なんか耳まで真っ赤だったように見えたけど……」

言葉もこんな焦点のズレたようなのしか出てこないし。

というか、俺は何のためにスカート丈なんて測らされたんだ……？

会長に服装指導していたはずだったのだが、いつの間にかわけのわからないことになっていて、俺の思考は完全にフリーズしていた。

「……なんだったんだよ、マジで」

かろうじてそんな呟《つぶや》きが口から洩《も》れたが、もちろん答えてくれる人は誰もいない。

俺はその後もしばらくの間、呆然《ぼうぜん》とその場に立ち尽くしていたが、やがて風紀委員の後輩からの『先輩、なんで校門にいないんスか⁉　どこでサボってんスか！』というメッセージでようやく我に返った。

それから校門に戻りはしたが、その日はずっとギクシャクとしっぱなしで、やがて登校してきた生徒達に奇異な視線を向けられながら風紀チェックの時間を過ごす羽目になったのだった。

☆

その放課後。いつも通り生徒会室では、メンバー達が集まり執務をしていた――

……のだが、今日は少し様子がおかしかった。

杏梨《あんり》も香菜《かな》も渚《なぎさ》も、皆仕事を前にしながら手が全然動いていない。

代わりに全員、不思議そうな表情である一点を見つめていた。

その視線の先にあったのは、

「〜〜♪　〜〜〜♪」

いかにも上機嫌な様子で書類仕事をしている生徒会長。

しかも小さく鼻歌なんて洩らしていて、顔もニコニコというか、むしろニヤニヤしているように見えて、あらゆる意味でこんな会長の姿は前代未聞《ぜんだいみもん》だった。

「……あの、優里奈《ゆりな》さん？」

やがて、副会長の杏梨が皆を代表するように声をかけた。

「〜〜♪　あら、どうかしたの舞島《まいしま》さん？」

「あ、いえ、その……、ずいぶんとご機嫌なようですけれど、何かあったんですの？」

「そうかしら？　別に普通だけれど」

「いやいや、明らかにおかしいでしょ。ねえ渚ちゃん？」

「そうですね早瀬《はやせ》先輩。こんな会長は初めて見ました」

戸惑った様子の一同を前にしても会長は気にした風もなかったが、やがて「ちょっといいことがあって」と続けた。

「実は、この前の相談の結果が出てね」

「この前のって……、もしかして恋愛相談の件ですの？」

「え、進展があったのかい？　どうなったの？」

「まあ結果だけなら、控えめに言って………、大成功ってところかしら？」

「そうだったのですか？　おめでとうございます」

どこかドヤった感じの表情でそう答える会長に、全員がおおっとどよめく。

「成功したんですのね。それはよかったですわ」

「確かあの時出した解決策って、相手に昔を思い出させるような格好をするとかだったよね？　それがハマったってこと？」

「ええ、相当なインパクトを与えられたのは間違いないわ」

「ということは思い出してもらえたのですか？　昔出会ったことがある女の子だと」

「それでもしかして、そのままお付き合いとかしちゃったりしたのかい？」

「ああ、いえ、さすがにまだそこまではいってないのだけれど」

質問する渚と香菜をまあまあとなだめながら、会長は得意気に続ける。

「確かな手応えがあったという話だったわ。お付き合いとかはまだまだそんな次元じゃないけれど、このまま続ければいずれはそうなるかもって。そのヴィジョンは十分に見えたとも言ってたわ」

「おお、すごいね。自信満々だね」

「よっぽど上手《うま》くいったみたいですわね」

「いえいえ、たまたまよ。たまたま」

褒めそやされて、なぜか会長はまるで自分の事のように照れた反応を見せる。

「でも本当によかったですね。相談者さんのお役に立てる解決策が出せたわけですから。結果も完璧だったようですし」

改めてそう言ってまとめる渚。

だが会長はそこで初めて苦笑する。

「いえ、さすがに完璧とはいかなかったわ。いくつかミスもあったから。その反省はしないといけないわ。……と、相談者も言ってたし」

「そうなのですか？　どんなミスを？」

「さりげなく見せるつもりだったんだけど、やっぱり緊張から動揺が出てしまったのは反省点ね。最初にしてはちょっと緩めすぎたかもしれなかったわ」

「「「え？」」」

緩める……？　と、杏梨も香菜も渚も一斉に首を傾《かし》げる。

「ああいう格好に慣れていなかったのもよくなかったわね。もうちょっと露出について研究しないといけないわ」

「「「……露出？」」」

「けれどやっぱり一番の失敗は最後ね。もう少しで下着も……。あそこで恥ずかしさに耐えられなかったのはまだまだ心構えが足りなかったわ。一番の反省点ね」

「「「………下着？」」」

一人で熱く語る会長をしり目に、三人の頭の上には無数の？マークが浮かんでいた。

会長が何を言っているのか理解できず、お互いただただ顔を見合わせるしかない。

「まあなにはともあれ、生徒会としての初の恋愛相談が上手くいったことには変わりはないわ。この調子で、今後もがんばっていきましょう」

そしてよくわからないまま、会長はそうやって話を締めくくった。

仕事に戻るよう言われ、なんだか釈然としない感触が残ったままだが、とりあえず会長が言った通り相談は解決したのだと納得する一同。

こうして生徒会は生徒に寄り添うという信条の下、困っている生徒の悩みに応えることに成功したのだった。

……もっとも、その『相談者』が本当はどういう風に悩みを『解決』したのかは、誰にもわからないことだったわけだが……。

議題②　友達じゃなく一人の女の子だと意識してもらうにはどうすればいいですの？

放課後の生徒会室。

いつも通り生徒会メンバー達がテキパキと仕事をしていた時だった。

「会長、相談フォームに相談が寄せられていました。内容は……、どうやらバイトに関することのようですね」

ノートPCを覗《のぞ》き込んでいた渚がそう言うと、他のメンバー達が顔を上げる。

「バイト？　具体的にどんな内容なんだい？」

「……相談者の方はバイトをするかどうか悩んでるようです」

「働くことで責任感も生まれるし社会経験も得られるから、私はいいと思うわ。校則で禁止されているわけでもないしね」

「そういえば、うちは進学校なのにバイトOKって珍しい部類かもね」

「それも生徒の自主性を重んじるという校是からよ。まあ学生の本分である勉強と両立させることが前提ではあるけれどね。それで、その相談者はどういう理由でバイトするかどうかを悩んでいるのかしら？」

「はい、理由は――……これは……」

「南条《なんじょう》さん？」

「あ、すみません。理由として『気になる人がいて、その人と同じバイトをしたいと思ったから』と書いてあったので、つい」

「気になる人と同じバイト？」

予想外な理由だったのか、会長はそれを聞いて目を見開いた。

一方で香菜は「なるほど」と頷《うなず》きながら苦笑する。

「そういうことだったのか。じゃあもうやるべしって答えるしかないじゃないの。まあ、それで上手くいくかどうかはまた別問題だろうけど――」

「いえ、きっと上手くいきますわ」

とその時、これまで黙ったままだった杏梨が食い気味にそう言った。

突然の発言に全員が杏梨の方を振り向くと、なぜかハッとした様子で目を逸《そ》らす。

「あ、いえ、その……、気になる人と同じ時間を過ごしたいからバイトを始めるというのはなかなか合理的な理由だと思いましたので」

「確かに、舞島さんの言う通り距離は近づくわね。……なるほど、バイトか」

杏梨の意見に会長は頷きながら何やら考え込み始める。

「それでは生徒会の回答としては『学業との両立をちゃんとした上でバイトを始めるのがいい』という感じにすればいいでしょうか？」

「……一緒にバイト。いいわね……！　でも、彼ってバイトとかしてるのかしら……」

「会長？」

「え？　あ、そうね。そんな回答でいいと思うわ。舞島さんと早瀬さんは？」

「私は大賛成ですわ」

「僕も基本的には賛成かな」

「含みのある言い方だけど、何かあるの早瀬さん？」

「いや、気になる人と同じバイトをしたいって普通だと思うんだけど、考えてみれば回りくどいやり方かもと思ってさ。きっと告白をしたくてもできないって感じの性格だと思うから、一緒のバイトをすることに満足しちゃってズルズル仲が進展しないままなんてことだけにはならないよう注意した方がいいんじゃないかと——」

「うっ！」

「……どうしたの杏梨？」

突然うめき声を上げて胸に手を当てた杏梨に、香菜が首を傾げる。

「い、いえ、何でもありませんわ。そ、そんなことあるはずが……」

「早瀬さん、今の懸念《けねん》点は聞き捨てならないわ。どういうこと？」

「いや懸念っていうか、ラブコメにはありがちなんだけど、一緒にいることに満足しちゃって進展しないまま、ある日突然他の人にとられちゃったりする展開が——」

「ううっ！」

再び苦し気な顔で胸を押さえる杏梨《あんり》。

「……なるほど、そういうこともあり得るわけなのね」

「でもまあ余計な心配だけどね。今のは別に返答には入れないでいいからさ」

「はい、わかりました」

そんな杏梨を尻目に、相談の方をしっかり片づける一同。

そうして再び全員がそれぞれの仕事に戻った——はずだったのだが……。

「……？」

会長がふと誰かに見られているような気がして書類から顔を上げると、一瞬だけ杏梨と目が合った。だがすぐに杏梨が目を逸らしたので、会長も気にせず仕事に戻る。

けれど再び視線を感じ顔を上げると、またまた杏梨が目を逸らした。

「…………」

杏梨は無言のまま何も言わない。

そんなことが何度か続き、会長はさすがに気になって口を開いた。

「舞島《まいしま》さん、どうかしたの？」

「え？　な、何のことですの？」

慌てる杏梨。そしてそのやり取りに顔を上げる香菜《かな》と渚《なぎさ》。

「さっきから私の方を見ていたようだけれど」

「いえ、その、なんと言うか……」

「何か気になることでも？　それか訊《き》きたいこととか」

会長にそう言われ、杏梨は少し恥ずかしそうに顔を伏せたが、やがてどこか遠慮がちにこう言った。

「……ええ、実はこの前の恋愛相談の件で優里奈《ゆりな》さんにお伺いしたいことがあって」

「この前の恋愛相談？」

「はい。この前の相談では、相談者さんのお悩みは解決したのでしたわね」

「ええ、そうね」

「その後も順調なのですか？」

「まあそう言っても過言じゃないわね」

「その方は、好きな男の子とはもうお付き合いを始めましたの？」

「それはまだだけど、この前のアドバイスに従って、気付いてもらうために今も鋭意行動中とのことよ。毎回確実な手応えを感じてるって」

「まあ、その相談者さんはすごいですわね」

「生徒会の出したアドバイスがよかったのよ」

そう言いつつも、なぜかちょっと自慢気に胸を張る会長。

だがすぐに不思議そうな顔で杏梨の方へ振り向く。

「でも、どうしてそんなことを？」

「じ、実は私もその……、個人的に恋愛相談を受けておりまして」

「え、そうなの？　舞島さんが？」

「はい、どうしたものかと悩んでいまして。それで生徒会の皆さんに話を聞いていただければと思ったのですが」

「なんだ、そういうことなら遠慮せずに早く言ってくれればよかったのに」

「そうだよ。水臭いじゃないか」

「生徒の悩みに寄り添うのが生徒会です。舞島先輩」

会長に声をかけられ、黙っていた香菜と渚もうんうんと頷く。

「いえ、それが相談者はこの学校の生徒ではないんですの……。つまりその、私の親戚の話といいますか……」

「それでも問題ないわ。その相談を受けて舞島さんが困っているわけでしょう？　だったらやっぱりそれは、生徒会で話し合うべきことよ」

「……ありがとうございます優里奈さん」

「それで、その恋愛相談というのはどんな内容なの？」

「それが、その……、その子のバイト先でのことなんですけれど……」

口ごもりながらそう切り出す杏梨。

「バイト先？　そういえばさっきもそういう相談だったわね」

「へぇ、そんな偶然もあるものなんだね」

「え、ええ、まったく偶然ですわね」

感心する二人に、杏梨は再び目を逸らす。

「バイト先での恋愛相談ということは、その相談者の方は好きな人と同じバイトをしているということなんでしょうか？　それともお客さんとか？」

「前者ですわ南条さん。相談の相手というのはバイトの同僚のことなんですの」

「好きな人と一緒に働いているなんて十分恵まれてるシチュエーションだと思うのだけれ

ど、それでも悩みがあるの？　関係がギクシャクしてるとか？」

「いえ、仲は良好ですわ。もう一年以上一緒に働いていますし」

「それなら何が悩みなのかしら？　何も問題ないように思えるけど」

「それが……、仲が良すぎるのが問題と言いますか……」

「……どういうこと？」

「つまり、その……、仲は良いけれど、あくまで友人関係の仲の良さで、むしろそのせいで男女の仲の良さには発展しない感じになっていまして……。とはいえ今の状況も居心地がよくてなかなか現状を変えようという勇気も出ないという感じで……」

「へー、それってさっき僕が言ったのと同じ感じじゃないか。すごい偶然」

「ええ、まったく偶然ですわね！」

なぜかちょっとヤケクソ気味の杏梨。

それはさておき、会長は相談の内容にどこか感心したように頷く。

「なるほど、同じバイトをして関係も良好だけれど、そのせいで逆に進展しづらくなっている状況というわけか……。そんな悩みもあるのね」

「ええ、そうなんですわ。現状にそこそこ満足しているぶん、前に踏み出すことができずにいるという悩みなんですの」

「なるほど。下手すれば今の関係が壊れるかもって思うと悩むのは当然だね」

「それだけその相談者の方は、お相手の人が好きなのですね」

「ええ、それはもう本当に大好きなんですわ！」

渚の一言に、急に杏梨が目を輝かせて前のめりになる。

「彼はどこにも居場所がなかった相談者に唯一手を差し伸べてくれた人なのですわ！　まさにかけがえのない存在というやつで、彼のいない人生なんてもはや考えられないレベルですわ！」

胸に手を当てて力説する杏梨だったが、そのテンションに他の皆は呆気《あっけ》にとられる。

「……すごいですね。まるで自分の事みたいに……」

「はっ⁉　い、いえ、相談者から何度もそんな風に聞かされていたので、ついそのまま出てしまったようですわ」

我に返った様子でコホンと小さく咳払《せきばら》いをする杏梨。

相談者に寄り添いすぎるというのも問題ですわね……、と謎の反省も。

「とりあえず状況はわかったわ。それで相談というのは、もちろんその相手と男女としての仲を進展させたいということね」

「そ、そうですわね。でもさっきも言った通り、これまでずっと友人のような関係だっただけに、どうすればいいのかわからないというのが悩みなのですわ」

はぁ……、と頬に手を当ててため息を吐《つ》く杏梨。

それに合わせて、他の生徒会メンバー達も真剣な顔で考え始めた。

「なかなか難しいわね。これまで築き上げてきた関係が障害になるなんて……」

「友人関係から恋人関係に……、か」

「関係性を変えるというのは、恋人関係に限らず難しいですからね……」

うーんと唸《うな》る一同。

「舞島さん、一つ確認なのだけれど、相談者が相手をどう思ってるかはわかったけど、相手の人は相談者のことをどう思っているのかしら？」

「ええと……、おそらくは仲のいい同僚という感じだと思いますけれど」

「同僚……、つまり友人どまりって感じなわけだね」

「おそらく、そこをなんとかしないとダメなのではないでしょうか」

渚のその発言に、会長は「ふむ……」と小さく頷《うなず》いた。

「そうね、南条《なんじょう》さんの言う通りだと思うわ。おそらく重要なのはその相手の認識を変えることなんじゃないかしら」

「どういうことですの？」

「つまり、相手は相談者のことを仲のいい同僚、友人としか見ていないから、男女としての仲が進展しないということよ」

「それは…………、間違いなくあるね」

会長の言葉に、珍しく真剣な顔で同意する香菜。

「会長の言う通りだよ。その相手にとって相談者はそもそも恋愛の対象として見られていないんだと思う。そこをまず変えないと」

「そ、そんな……！　ではどうすればいいんですの？」

「認識は変えないといけないけど、仲のいい同僚という立場を大きく変えるわけにはいかないって難しいですよね」

「そうね。だからプラスアルファのイメージを作るしかないんじゃないかしら」

「プラスアルファのイメージですか？」

首を傾《かし》げる杏梨に、会長は考えをまとめるように言葉を選びつつ続ける。

「仲のいい同僚という関係を変える必要はない……。でもその中で、実は相談者は魅力的な女の子だったんだって相手に気付かせるのよ」

「そうだね。会長の言う通り、まずは恋愛対象になる女の子だって認識を持たせることから始めるべきだよ」

「徐々にお相手の意識を変えていくべきというのは、いい考えだと思います」

会長の考えに、香菜も渚も同意する。

「な、なるほど。でもどうやればいいんですの？」

「それは今の二人の関係によると思うわ。どうなの？　相手は現状で相談者をどれくらい異性として意識してくれているのかしら？」

「う……、そう言われればあまり意識されてない気がしますわ……」

「完全に友人としてしか見られてないわけだね」

「では、やはりそこを変えないと始まらないわね。まずは、自分は恋愛の対象になる女の子なんだってことを相手に認識させるところからよ」

「な、なるほど……！」

杏梨《あんり》は熱心に話を聞きながら、大いに納得している様子だった。

だが、すぐにまた悩まし気に表情が曇る。

「でも認識させると言っても、具体的にどうすればいいのでしょうか？」

「具体的な方法を考える前に、相談者がどんな子なのか聞いておきたいわね。たとえば女の子らしさをあまり感じさせないような格好や見た目なら、まずそこから変えていかないといけないわけだし」

「それなら大丈夫なはずですわ。お化粧もバッチリしていますし、ファッションにもいつも気を遣っていますわ。彼の前に出る時は髪色にも細心の注意を払っていますし」

「髪色？　その方は髪を染めているのですか？」

「ええ、彼に出会った時からそうでしたから」

「聞く限り、その子はギャル系なのかな？　親戚の子だって話だけど、副会長とは正反対な子みたいだね」

「え、ええ、まあそうですわね」

「ギャル系なのに女の子として意識されてないというのも不思議ね……。解像度を上げたいからその相談者のことをもっと詳しく教えてもらっていいかしら？　たとえば、そう、趣味とか好きなものとか」

「好きなものはバイトですわ」

「え？　バイトが？」

「彼と一緒に過ごせるバイトは日々の生活の中で一番楽しみな時間ですの。可能ならば二十四時間働いていたいくらいですわ」

「……なんか僕、そんなキャッチフレーズ聞いたことあるかも」

「願いがかなったらお相手の人は過労死しそうですね」

うふふふと笑う杏梨に、香菜《かな》と渚《なぎさ》はちょっと引き気味だ。

「それくらい楽しみということですわ。だからバイトのある日は朝からずっとワクワクしていて、いざその時が来るとテンションが上がってしまいますの。本当の自分が出せるのがその時だけというのもありますけど」

「本当の自分？」

「ええ。相談者は家が厳しくて、普段はギャルな格好とかできないんですの。でもバイトの時だけはその姿でいられる。ですから二重の意味で、バイトの時間はかけがえのないものなのですわ。本当の自分を受け入れてもらいながら好きな人と過ごす……。ああ、できれば一生バイトで生きていきたいですわ……」

「……なんか言葉だけ聞くとフリーターみたいだね」

うっとりとする杏梨に香菜はツッコむが、もちろん耳には届いてなかった。

「なんにせよ、話を聞く限りでは相談者さんが女の子らしくないということはなさそうに聞こえます」

と、ここで渚が話を軌道修正。

「そうね。少なくとも何か女の子として意識されないようなハードルがあるってわけじゃないのはわかったわ」

会長も頷く。……が、すぐに首を傾げて、

「でも不思議ね……。そんなギャル系の子なら意識されないどころか、もっと女の子らしさ全開でグイグイいってそうなイメージなのだけれど、違うの？」

「そ、それはその……、そういうのは恥ずかしくて……」

「え、恥ずかしい？　じゃあ、たとえばそうね……、スキンシップとかする時も恥ずかしくて控えめにしかできないとか？」

「す、スキンシップとか！　そ、そんなのしたこともありませんわ！」

「そうなの⁉　ギャルといえばやたら距離が近くて、それこそスキンシップとかもナチュラルにやって男子を惑わせるってイメージなんだけれど⁉」

「それは偏見ですわ⁉」

会長のギャルイメージに、杏梨は真っ赤な顔で反論する。

「……わかったわ。相談者の問題点が、今はっきり見えた」

やれやれといった感じで首を振りながらも断言口調で言う会長。

「相談者はギャルであることを活《い》かしていないわ！　だから女の子として意識されていないのよ！　というわけで、まずはできてないスキンシップから始めなさい！」

「ええ⁉」

ビシッと勢いよく指をさされ、杏梨はたじろぐ。

「きゅ、急にそんなことを言われましても……！　今までしたことないのに……！」

「それがまずおかしいの。ギャルなら必須スキルよ？」

「だから偏見ですってば！」

「会長、スキンシップというのは、お肌とお肌の触れ合いという意味でのスキンシップでしょうか？」

「その通りよ南条さん」

「ギャルならできて当然ってのはともかく、今までしたことないのをいきなりっていうのは確かにハードル高いんじゃないかなぁ」

「勘違いしないで早瀬《はやせ》さん。スキンシップといってもさりげない感じのものでいいのよ。あくまで距離を縮めて意識してもらうのが目的なんだから。……いい？　重要なのは物理的な距離を縮めること。人間というのは物理的な距離が近ければ近いほど親しみを覚える可能性が大きくなるの。ちなみにこれは前回の恋愛相談で実証済みよ。私の相談者はそれでちゃんとアピールに成功したから」

「せ、成功したんですの!?」

「ええ、まあ控えめに言って………、大成功といっても差し支えないわね」

フッと余裕の表情を見せる会長にメンバー達は「おお！」と尊敬の眼差《まなざ》しを送る。

もちろん、具体的に何があったかが語られることはないわけだが……。

「とにかく、スキンシップはそういう意味でうってつけなのよ。ましてや今回の相談者はギャル。ごく自然にさりげなく距離を縮めることができるわ」

「わ、わかりましたわ。会長がそこまで言うならがんばってみますわ……！　でも、スキンシップとは具体的にどんなことをすればいいんですの？」

ようやく決意を固めた杏梨は、メモを取ろうとスマホを取り出して訊《たず》ねる。

「そんなに気負わなくていいわ舞島《まいしま》さん。何も変なことをするわけじゃないんだから。スキンシップっていってもあくまで軽く自然な仕草よ。たとえば話しかける時にさりげなく肩に手を置いてみたりとか。他には、何か理由をつけて手を握るとか」

「一緒に自撮りをしようなどと言えば、自然に距離が近づくのではないでしょうか」

「いいわね南条さん。いい案だわ」

「何かに驚くふりをして腕に抱き着いたりなんか定番だね」

「早瀬さん、どこからそんなアイデアを？」

「え？　いやその、まあラブコメでよくあるシーンだしアイデアってほどじゃないよ」

「なんて狡猾《こうかつ》な……！　なるほど、大いに参考になるわ……！」

「……参考？」

具体的なスキンシップのやり方を提示していくメンバー達。

それを聞いて杏梨は、ふむふむと頷《うなず》きながら熱心な様子でメモをしていた。

「な、なるほど。そういう感じでやればいいんですのね。……でも、ちゃんとできるかどうか心配ですわ……」

「大丈夫よ。あくまで女の子として意識させるための行動だってことを自覚しながらやればいいの」

「本当にスキンシップで意識してもらえるのでしょうか？」

「それはもちろん。男の子と女の子は肉体的に違うものだから、やっぱり相手は意識せざるを得なくなるわよ」

「女の子としての柔らかさって、意外と男子は敏感に気付くらしいしね」

「そうなのですか早瀬先輩？」

「まあ、受け売りだけど」

「女の子としての柔らかさ……、ですの？」

「まあ男女の身体《からだ》の違いの中でも大きな部分だから、そこを意識させるというのがスキンシップの本質なのかもしれないわね」

「スキンシップの……、本質……」

会長は香菜と渚のやり取りを眺めながらサラリとそう答える。

だがそれを聞いた杏梨は、何やら真剣な顔でブツブツと呟《つぶや》いていた。

「……舞島さん？　どうかした？」

「い、いえ、何でもありませんわ。本質を意識しながら、今いただいたアドバイスを実践するよう相談者に伝えてみますわ」

「ええ、応援しているわ。……と、今更だけど皆、このアドバイスは生徒会の総意ということでいいかしら？」

「はい、異議ありません。私も応援しています」

「結果がどうなったかも、後で教えてくれるとうれしいね」

温かい目を向ける生徒会メンバー達からは、本気で相談者に寄り添うという気持ちが伝わってくる。

そんな視線を受けながら、杏梨はグッとこぶしを握り締めて、受け取ったアドバイスを噛《か》みしめていた。

「す、スキンシップ……。女の子としての柔らかさ……。や、柔らかさ……！」

何度もそう繰り返す杏梨の頬はなぜか少し紅潮していたが、それに気づいた者は誰一人いないのだった。

▽

「あー、やっと休憩に入れた……。毎度のこととはいえ、オーナーのくせに大遅刻してくるとかどういう神経してんだまったく……」

俺はそんな愚痴をこぼしながら休憩室へと向かう。

現在、俺はバイトの真っ最中だ。『ポルタ』という名の隠れ家的カフェが俺のバイト先で、かれこれもう二年以上はここで働いていた。

そして本来は休憩時間で休んでいるはずだったのだが、交代で入るはずのオーナーが盛大な寝坊をかましたため、さっきまでワンオペでがんばっていたというわけだ。

『いや〜、ちょっとガチャに白熱しちゃってね〜。やっとSSRゲットできて、そのままうれしくて昼寝しちゃったんだよね〜』

やっと出てきたオーナーの悪びれもしない姿を思い出し、思わずピキりそうになるのをなんとか抑える俺。

……落ち着け、いつものことだ。あの人に文句を言ってもヘラヘラ受け流されて余計に疲れるだけなんだから。

不真面目極まりないオーナー相手に慣れてしまった自分が悲しい。

とはいえあんな人でも一応は俺に居場所をくれた大恩人なわけなんだから大目に見よう、と考え心を落ち着かせる俺。

「まあ当然、この分の手当は付けてもらうけどな！」

そんなことを口にしながら、俺は休憩室のドアを開く。

「って、今日も早いなアン」

するとそこには一人の少女がいて、窓辺で手持無沙汰な感じでスマホを眺めていた。

こいつは俺のバイト仲間で、名前はアン。

金色に染めた長い髪に派手目のメイク。爪もネイルアートっていうのか、よくわからないけどとにかく自己主張が激しい。

いわゆるギャルってやつで、俺としてはあんまり得意じゃない人種だったが、このアンとは長い付き合いだ。それこそ中学時代からだから、もう二年近くになるのか。

「あっ、ハル！　もー、遅いじゃん！　いつまで仕事してんだって！」

「いつまで休憩してるんだって言われるならわかるけどな⁉」

俺の姿を見るなり、アンは勢いよく顔を上げてそんなことを言ってきた。

聞いての通り、アンは俺のことをハルと呼ぶ。

晴久《はるひさ》だからハルだそうだが、じゃあアンは何のアンなのかというとそれはわからない。

というのも、俺はアンの本名を知らないからだ。

本名も知らなければ、どこに住んでいてどんな学校に通っているかも知らない。

かろうじて俺と同い年ってことだけが、アンについて知ってることの全てだ。

アンがこの店でバイトするようになったのも俺の紹介があったからなのだが、その割りにはここまでパーソナル情報を知らなすぎるのはどうなのかと我ながら思う。

でも別に気にしちゃいない。

アンはアンであって、俺のバイト仲間だって認識だけで十分だと思ってるからだ。

「とっくに休憩時間っしょ！　休憩でも遅れてきたなら遅刻じゃん遅刻！」

「無茶苦茶言うな！　オーナーが遅れたしわ寄せで働いてたんだから、ちょっとは労《いたわ》ってくれてもいいだろ……」

「こっちはずっと待ってたのに！」

「なんで俺を待ってる必要があるんだよ。ってか来るの早すぎだろ。お前のシフトまだ先なのに、いっつも早く来すぎなんだよ。それもかなり」

「だ、だって……。あ、あたしこのバイト好きだし？」

プイッと顔を逸《そ》らしながら言うアンの姿はいつも通りで、少し笑ってしまう。

その言葉通り、アンはバイトに関しては驚くくらい真面目だ。そしていつもとても楽しそうに働く。

ここが合ってるからかな。だとしたら紹介した甲斐《かい》があったってもんだ。

……まあそれはうれしいんだけど。

「とはいえシフトの随分前から来てわざわざスタンバってる必要はないだろ。制服とかもちゃんと着てさ」

「なんで？　ここの制服あたし好きだよ。かわいーし」

そう言って制服のスカートを摘まんでニコッと笑うアン。

アンの着ている制服というのはいかにもって感じのメイド服であり、これはオーナーの趣味だった。うちはメイド喫茶じゃないのに。

ちなみに俺の制服は執事風のスーツで、アンは似合ってると言ってはくれるが服に着られてる感が半端《はんぱ》なくてちょっと恥ずかしい。

「まあいいや。とにかく俺は今までワンオペしてて疲れてるんだ。ゆっくり休憩させてもらうからな」

「う、うん、わかった」

「……ん？」

素直に頷くアンに、俺は首を傾《かし》げる。

いつもならこういう時「そんなことより聞いてよ！　この前すっごく可愛《かわい》いスカートがあって――」といった感じで気にせずおしゃべりを続けてくるはずなのに。

だから俺もちょっと強めの言い方をしたんだが、今回は妙に素直に聞き分けたな。

いつもは苦笑するくらい元気というかテンションが高いのに、今日はなんだかちょっと大人しめな気がする。何かあったのかな？

「……よ、よし、がんばるんだから……！」

なにやら俯《うつむ》いて小声で呟いてるけど、バイトに向けて気合を入れてるのだろうか。

だとしたら相変わらず仕事に熱心なやつ。……ま、結構な話だ。

俺はそんなことを考えながらソファに腰掛ける。

さて、休憩時間に何をするか――

「ね、ねえハル？」

とその時、アンがそう言って声をかけてきた。

しかも同時に両肩に手をかけられて、俺は「え？」と驚いて振り返る。

「なんだよアン」

振り返るとなんだかいつもよりアンの顔が近くにあるように見えて、肩にかかる両手の感触も相まってなんだか少し違和感を覚える。

「あ、あのさ」

やたらモジモジした様子もいつもと違うなと思っていると、続くアンの言葉に俺はさらに首を傾げることになる。

「その……、は、ハルの手相を見てあげる！」

「はぁ？　手相？」

「そ、そう手相！　手相占い！」

「なんでまた急にそんな？」

「え⁉　べ、別に深い意味はないけど……。ほ、ほら、あたしって占いとか好きだから、ハルを占ってあげよっかなって」

「そうだっけ？　お前が占い好きとか初めて聞いたような……。今までそんな様子とか全然なかったと思うけど」

「う、占いに興味ない女の子とかいないから！　しかもあたしはギャルだし？」

「いや、ギャル関係なくね？」

ギャルって占い好きだっけ？　特にそんな印象はないんだが。

「も、もう、とにかく見てあげるから手ぇ出してってば！」

そう言われて、俺は疑問を覚えつつも右手を差し出す。

するとアンは一瞬緊張したような様子を見せ、どこか恐る恐るといった感じで俺の手を摑《つか》んだ。

「う、うわ……、ハルの手だ……」

「なんだよ。俺の手がどうかしたのか」

「う、ううん、そういえばハルの手を握ったのって初めてかもって思って……」

「そ、そうだっけ？」

そりゃあえて手を握るシチュエーションなんてそうそうないだろうから当たり前だとは思うが、わざわざ言葉にされるとなんか恥ずかしい。

「は、ハルの手って大きいね……」

さっきからさわさわと撫《な》でるように触られているうえにそんなことを言われ、俺はなんだか変な気分になってくる。

気がつけばアンの手の感触を意識してしまっている自分がいて「女の子の手って柔らかいんだな……」なんて思ってしまい、アン相手に何を考えてるんだと慌てて自分の思考を切り替える。

「そ、それで、どうなんだ？」

「……え？　ど、どうって何が？」

「いや、手相を見るって話だっただろ？」

俺がそう言うとアンは一瞬キョトンとした表情を見せ、

「あ、ああ、そうだった！　忘れてた！」

「なんで忘れてるんだ⁉」

「ちょ、ちょっと夢中になって……！　い、今すぐ見るから！」

慌てた様子で俺の手を覗《のぞ》き込んだ。……なんなんだ。

「え、えーっと……。ここが運命線だっけ？」

「それは生命線な⁉　なんでそんな基本的なことも知らないんだ⁉」

「し、仕方ないじゃん！　手相とか知らないし！」

「なんでそれで手相占いをしようなんて思ったんだ……」

「だ、だってそれなら都合が――って！　そ、そんなことより今すぐ占うから！　えーっとえーっと……！　う、うん、わかった！」

「お、何がわかったんだ？」

「は、ハルの恋愛運がわかった！」

「生命線を見ただけで恋愛運が⁉」

「は、ハルの恋愛運は……！　す、すごく身近に運命の人がいるでしょう。バイト先なんかが怪しいです。ギャルっぽい子とか要チェックかも！」

「なんか占いは適当なのに結果は妙に具体的だな……」

「て、適当じゃないし。ちゃんと占ったし」

「ふーん、バイト先ねぇ……。ギャルっぽいお客さんに一目惚《ひとめぼ》れされたりするとか？」

「……今日からうちの店ギャルは出禁にする！」

「なんでだよ⁉　俺の恋愛運を占ったうえで潰す気か⁉」

急に目が据わり出したアンに、俺はちょっと引いてしまう。

……なんか俺、怒らせることでもしたのか？

知らないうちにアンの恨みを買ってたとか嫌なんだが……。

「……もう、バカハル……！」

占いを終えたアンはこちらにジト目を向けつつも、なぜかやたらと自分の手のひらを見つめてはニヤけていた。

なんだかよくわからないが、とりあえずアンの気は済んだみたいなのでよしとしよう。

さてと、変なことに付き合わされたが休憩時間は有限だ。

とりあえず何か動画でも見るか……と、俺がスマホを取り出した時だった。

「あ、ハル、スマホで何しようとしてんの？」

再びアンが声をかけて後ろから覗き込んできた。

うーん、なかなか安寧の時間が訪れない……。

「もしかして動画を見ようとしてたとか？」

「当たり」

「じゃ、じゃああたしも一緒に見る！」

アンはそう言うと、勢いよくソファに――つまり俺の隣に座った。

ここまでは別におかしなことじゃなく、いかにも普段通りのアンらしい行動だったのだが、横からグイッと身体《からだ》を傾けるような姿勢でスマホを覗き込んできたため、俺は思わず身を引いてしまう。

「……なんか距離近くね？」

「き、気のせいじゃね？　それより、そんな離したら見えなくなるじゃん」

「いや、いつもならこのくらいで普通に見えてるだろ」

「さ、最近目が悪くなってきちゃってさー」

「……カレンダーの今日のところにあるメモ、なんて書いてある？」

「えっと……、『イベント！　百連ガチャ！』。オーナーの字だね。あー、ワンオペの原因はアレだったんだ」

「普通に読めてるじゃねーか！　めっちゃ目いいぞお前！」

「あ、あれだよ！　近眼ってやつ⁉」

「近眼は近い方が見えるんだよ！」

言い訳が雑！　ってか、そもそもなんでそんな雑な言い訳をする必要が⁉

「も、もう！　別にいいじゃんそんなこと！　近い方が見やすいのはその通りなんだし！

ほら、もっとこっち来てってば！」

俺のツッコミをスルーして、またグイグイと距離を詰めるアン。

肩と肩が触れ合い、それどころかほっぺたがくっ付きそうな距離感になって、俺はさすがにちょっと戸惑ってしまう。

アンは気の置けない友人かつバイト仲間で、いろいろ無遠慮な話とかもできるくらい気心の知れた仲だ。

だから普段は異性だってことを忘れていたのだが、なんかさっきの手相の時のこともあり、今日はやたら距離が近くてその部分を意識してしまいそうになる自分がいる。

……な、なんだってんだアンのやつ。今までこんなことなかったのに。

サラサラとした長い金髪の感触とか、アンの微《かす》かな息遣いとか、香水（？）か何か知らないけど女の子特有のにおいとか、そういう情報が一気に押し寄せて来てなんだかすごく落ち着かない。

挙句の果てに「……改めて考えると、アンってすごい美少女なんだよな。普段は忘れてるけど……」なんて思考まで浮かんできて、俺は慌てて頭の中でかき消す。

……ど、同僚相手に何考えてんだ俺は！

「ねえハル」

「え⁉　な、なんだよ⁉」

突然声をかけられ、俺は思わずギクリと身体を強張《こわば》らせる。

「……なに慌ててんの？　何の動画を見るんだって話」

「あ、ああ、特に決めてないけど」

暇つぶしに動画サイトで適当なのを漁ろうと思ってただけだから、本当に何も決めてなかった。

「あ、そうなんだ。……よかった、エロ動画とかだったらどうしようかって」

「何の心配してんだ⁉」

「だ、だって高校生男子は一人でいる時エロ動画を見てるもんだって」

「全国の健全な高校生男子に謝れ！　どこで仕入れた知識だよ！」

「大丈夫！　あ、あたしはエロ動画でもがんばって付き合うから！」

「だから見ないって！　というかそんな意味不明ながんばりいらないからな!?」

さりげなく俺がエロ動画を見ようとしていたという前提で話を進めようとするアンに、俺は必死にツッコむ。……事実無根にもほどがある！

「じゃ、じゃあどんな動画見るの」

「あー……、だからその、適当にゲーム実況とか……」

アンが変なこと言うから、なんかハードルが上がったような気になってるじゃねーか。

……こ、ここは無難に動物系か？

いや、なんでこんなことで悩まないといけないんだよ……。

「あ、じゃあさじゃあさ！」

俺が不毛なことに頭を悩ませていると、アンがパッと何か閃《ひらめ》いた様子で、

「な、なんか怖い動画にしない？　ホラー系っていうか」

「へ？　なんでまた？」

「そうすれば自然に腕に——じゃなくって！　あ、あたしホラー系好きだし？」

「そうなのか？　やっぱり特にそんな印象はないが……」

「いやマジで好きだから！　暇さえあればホラー系動画ばっか見てるからあたし！」

「それはそれでなんか嫌だな⁉」

アンの意外な一面を見せられつつ「いいから見よって！」と押し切られる俺。

仕方ないので言われた通りホラー系で検索し、一番最初に出てきた動画を適当に開く。

……これは、ホラーゲームのプレイ動画みたいだな。

「う、うわー、こわっ」

「まだ何も起きてないけど？」

「ふ、雰囲気が怖いの！」

そんなことを言いながら、さらに距離を詰めてくるアン。

その表情はどこか楽しげに見えて、とても怖がっているようには見えない。

実際スマホの画面には薄暗い洋館の通路を歩いてる場面が映し出されているだけで、まだそんな怖がるような内容じゃないし。

「あー怖いなー。マジ怖いし」

「いや、まだ全然そんなことないだろ」

「あ、あたしは怖がりなの」

「暇さえあればホラー系動画ばっか見てるやつのセリフとは思えないんだが」

「こ、怖いけど好きなんだってば！　ほら、あたしギャルだし！」

「なにが『ほら』なのか意味がわからん……」

「ぎゃ、ギャルは怖い話とか好きなの！　きゃー」

なんか棒読みな悲鳴を上げながら、俺の腕を軽く摑《つか》むアン。

やっぱり怖がっているようにはとても見えず、俺もアンとの距離の近さにあんまり動画に集中できてない。

そんなこんなでしばらく変な時間が流れていたが、

「…………っ」

やがて動画が進んでいくとハッと息を吞む場面が多くなってきた。

どうやらこれはグロ系ではなく純粋なホラー系のゲームらしく、なかなか精神にくる演出が多い。人の顔のように見える陰影とか白い影とか、演出レベルが高くて俺もなんだがちょっと背筋が冷たくなってきた。

「…………ひ」

見ると、アンはさっきまでとは打って変わって顔が青ざめていた。

「おいアン、大丈夫――」

「きゃあっ⁉」

とその時、ちょうど動画から悲鳴が響き渡り画面いっぱいに生気のない女性の顔が映し

出され、それを見たアンもつられて悲鳴を上げて俺の腕にしがみついてきた。

「お、おい大丈夫か」

「怖い怖いヤバい……！」

アンは身体を小刻みに震えさせて、今度はマジで怖がっているようだった。

……だが、実は俺はそれどころじゃなかった。

当たっているのだ。

さっきしがみつかれた時から、その、……何か柔らかいものが腕に……！

「ハル……！　ハルぅ……！」

必死に怖さに耐えるアンは気付いていないようだが、モロに胸が腕に当たっていた。

いや、当たってなんて表現じゃ足りない。思いっきり腕に抱き着くがあまり、まるでアンの胸が俺の腕を挟んでいるような形になっていた。

俺の腕を中心に二つの膨らみが服の上からもハッキリ確認できて、これはデカい……！

――って、何をマジマジと見てるんだ俺は！

「お、落ち着けアン。大丈夫だから。もう動画は閉じたからな」

見てはいけないものを見たような気分になった俺は、慌ててアンをなだめにかかる。

まだしばらく目をつぶって震えていたアンだが、やがて落ち着きを取り戻すと、大きくため息を吐《つ》いて安堵《あんど》したように脱力した。

その拍子に俺の腕を放したわけだが、ちょっと残念――いやその！　解放されてよかったよまったく！　ふう……。

「しかし、お前がそんなに怖がりだとは知らなかった」

「し、仕方ないじゃん！　マジで怖かったんだし！」

「別にいいけど、それでよくホラー好きなんて言えたな」

「そ、それは口実というか……！　って、そうだ！　途中で怖すぎてよくわかんなくなったけど、どうだった!?」

「どうって、何が？」

「だからスキン――じゃなくて！　だからその……、上手《うま》くできてたかなって……」

「上手くって何をだ？」

「な、何でもない！　……ああもうミスった……！　ねえ、もう一回見ない？」

「いやさっきでもういっぱいいっぱいだったよな!?」

なぜか悔しそうな顔でそんなことを言うアン。

あんなに怖がってたくせに、正直何を考えてるのかよくわからない。これもギャルの思考だからなのか……？

「はぁ……、なんか疲れた。休憩時間だってのに……。そろそろゆっくりさせてくれ。お前も仕事の時間だろ？」

「え？　あっ！」

壁掛け時計の方を振り向き時間を確認するアン。

「じゃ、じゃあさじゃあさ、最後に一つだけお願いがあるんだけど！」

そして俺の方に向き直ると、そんなことを言ってきた。

「お願いって？」

俺が訊《たず》ねると、アンは慌てた様子で自分のスマホを取り出す。

「自撮り！　自撮りがしたいんだけど！」

「はぁ……、まあ、好きにしたらいいんじゃないか？」

その言葉に、俺は気のない返事をする。

アンが制服姿で自撮りしているところは、これまで何度か見たことがあった。

容姿の整ったアンの自撮りは毎度様になっていて、ＳＮＳなんかにアップしたらバズること間違いなしだと思わせるほどだったが、不思議とそういったことには興味がないようだった。

「ち、違うって。ハルも一緒にしようって言ってんの！」

「え？　俺もって？」

「だ、だから、こういうこと！」

言ってることがわからずにいると、アンは急にスマホを構えて再び距離を詰め、今度は俺の肩をグイッと引き寄せた。

「え⁉　ちょ……っ！」

俺が戸惑いの声を上げる間もなく、カシャッという音とともにフラッシュが光る。

「な、何すんだよいきなり」

「だから、一緒に自撮りしようって言ったじゃん！」

「いや、俺はＯＫしてないぞ⁉」

「じゃあダメだった？」

「いや、別にダメってわけじゃないけど……」

「な、ならいいじゃん？」

確かに断る理由はなかったが、今までツーショットの自撮りなんてしたことがなかったから妙な気分だった。

……なんだか今日のアンは変だよな？　やっぱいつもと違うような気がする。

「ほ、ほら、もっと撮るから真ん中寄ってよ」

「ま、待て待て。なんで唐突に二人で自撮りなんてしようと思ったんだよ」

「え？　べ、別に深い意味はないけど？」

「それに、撮った写真はどうするんだ？　まさかSNSに上げるんじゃないだろうな？」

「あ、その発想はなかった！　そ、それもいいかも……！　既成事実的に……！」

「なに小声でブツブツ言ってんだよ……。俺は嫌だぞ。SNSに顔を晒《さら》すとか」

「あ、あたしだってそれはマズいけど……。そうだ！　じゃあ目元に黒い線とか入れれば
わからなくない⁉」

「なにそのいかがわしい写真⁉」

「それじゃ、顔全体にモザイク入れるとか！」

「もっといかがわしくなるわ！　というか、それもう写真上げる意味ないだろ⁉」

なんで何もいけないことしてないのにいけないことしてる感じを出そうとするんだ！

「な、ならいいや。別にSNSにアップとかしなくてい－し。それより、もっと撮るから
スマホの方を見てよ」

「え、まだ撮るのか？」

「だってもっとくっつきた――もっといい写真撮りたいじゃん⁉　ほらほら、もっと近く
に寄らないと見切れるってば！」

アンはそう言ってまたしてもグイッと身体《からだ》を寄せてくる。

すると再び女の子の気配が間近で感じられてドギマギしてしまう。

アン相手に何を意識してるんだと思うが、さっきまでのこともあってかどうしても意識してしまう。仕方がない。

俺は気付かれないよう、横目でアンの方へと視線を送る。

「…………！」

するとアンも俺の方を見ていてバッチリ目が合ってしまった。

お互い慌てて視線を逸《そ》らすが、なんでこんなちょっと恥ずかしい空気になってるんだと頭がさらに混乱してしまう。

「な、なあアン」

「な、なに？」

「やっぱり今日、なんか距離近いよな？」

「そ、そう？　気のせいじゃん？」

「んなわけないだろ。今までこんなことなかったのに、今日は妙に、その……」

身体が密着してるような――と言いそうになったが言えなかった。

口にしたら余計に生々しい感じがしそうだったから。

「その、なに？」

「だ、だから、妙に距離が近い気がするんだけど」

「べ、別に普通だと思うけど？」

「いや、絶対近いって！」

「ほ、ほら、あたしギャルじゃん？　ギャルはこういうの普通だし？」

「それは偏見だろ⁉」

思わずツッコむ俺。

ってか自分で言ってんじゃねーよ！　なんかさっきから何でもギャルで解決しようとしてねーか⁉　説明になってないけど！

と、そんな心の中のツッコミもむなしく、俺はそんな感じでなおしばらくの間アンの自撮りに付き合わされていたが、

「……えへへ、ついでに写真も撮れちゃった……」

やがて満足したのか、ようやく解放された。

アンはスマホを見ながら満足そうな笑みを浮かべていたが、こっちは普通にお疲れだ。

……緊張で身体が強張《こわば》ってるような気がする。

なんでアン相手に緊張しなきゃいけないんだとは思うが、同年代の女の子と密着してい

たという事実には変わりないわけで――って、だからこういう思考がダメなんだ……！

「ねえハル」

「うわっ⁉」

「ど、どうしたの？」

「いや、何でもない！」

……アンは友人！　……アンは同僚！　と、心の中で繰り返している最中に声をかけられ、思わずギクッとしてしまう俺。

だがなんとか気を取り直して振り向くと、アンはスマホをこちらに向けて、

「見て見て、上手く撮れてるよ！」

さっきの自撮り写真を見せてきた。

画面の中の俺とアンはやっぱり密着していて、距離の近さを客観的に見せつけられているみたいで気恥ずかしい。

これじゃまるでカップルみたいじゃゃ――と、危ないことを考えようとした自分に気が付いて慌てて思考を切る。

「ど、どうかな？　この写真」

「ま、まあ上手く撮れてるんじゃないか？」

「うん。……その、写真もそうなんだけどさ、どう思ったかなって」

「どう思ったって、何が？」

「この写真撮ってる時、ハルはどう思ってたのかなって」

チラチラと視線を送りながらそんなことを訊ねるアン。

どういう意図の質問なのか知らないが——いや、別に特別な意図とかはないんだろうけど——さっきまでの思考と合わさって、俺はドキリとしてしまう。

万が一にでも、変なことを口走るわけにはいかない……！

「べ、別に何も？」

「ほ、本当に？　本当に何も？」

「ま、まあ仲のいい友達ならこれくらい普通だなって思ってたかな？　改めてアンとの友情を再確認したぜ」

気取《けど》られないよう意識するあまり、ものすごく不自然な返答をしてしまう俺。

なんだよ友情を再確認って……、と自分で内心ツッコミを入れるが、アンとの友人関係を大事にしたいって思いがあるのは確かだった。

「それだけ？」

「それだけだが？」

「むむ、むむむ……！」

俺の言葉に、なぜか不機嫌そうな顔になるアン。

……こんなにも気を遣ってるのに、どうして俺は睨《にら》まれてるんでしょうか？

なんだかものすごく理不尽なものを感じるが、それはともかく、やっぱり今日のアンは明らかにおかしい。

俺はずっと感じていた違和感を、思い切って口に出してみる。

「なあアン、何かあったのか？」

「え？　な、なに急に。何かって何？」

「いや、様子が変だからさ。なんかいつもと違うし」

「そ、そんなことないと思うけど？　ならハルは何がいつもと違うって思うの？」

「何がっていうか……、なんか全体的に不自然だしぎこちないし、それにやっぱり一番は距離感が近いことが……」

「あ、あたしはそうは思わないけど？　でも仮にそうだとして、ハルはどう思ったの？」

「え、どうって？」

「だ、だから、距離感が近くてハルはどう思ったのかって」

アンは顔を赤くして、何かに挑むような目でそんなことを言ってきた。

その質問の意図がわからなかったが、訊《き》かれていることはわかる。

この問いは……、かなり危険だ。慎重に考えないといけない……！

正直に「女の子の感触がした。アンが美少女だってことを再認識した」なんて答えを返そうものなら死ぬ。主に俺の社会的地位が死ぬ。

普通にキモいし、友人かつ同僚をそんな目で見てたって知られたら、最悪アンとの関係も崩壊してしまうかもしれない。それは絶対に嫌だ。

……となると、ここでの選択肢は一つしかない！

「べ、別に？ いつもと違うとは思ったけど、それ自体は何とも思わなかったぞ？」

誤魔化す！ それ以外あるか！

頭に浮かんだ邪念は全部俺の心の奥に封印する。そうすれば日常は保たれるんだ。

「え、ウソ!?」

「う、ウソじゃないが？ 本当に何とも思ってないけど？」

俺は視線を逸らしながらそう繰り返すしかなかった。

自分の演技力のなさを嘆く余裕もない。

「……そ、そんな……！ あんなにがんばったのに……！」

チラッとアンの様子を窺《うかが》うと、なにやらショックを受けたような感じでしきりに一人で何かを呟《つぶや》いていた。

さらに追及されることなくホッとしたのはよかったが、やっぱりアンの様子がおかしくてそこが気になる。

……顔もさっきより赤いみたいだし。まさか……？

俺はふと思いついたことがあり、アンのおでこに手を伸ばす。

「……ま、まさかスキンシップ自体効果がなかったり——って、な、何してんの⁉」

「いや、熱があるんじゃないかって思って」

アンは驚いた顔をしていたが、俺は気にせず熱を測る。

顔が赤いのも様子がおかしいのもひょっとして熱のせいじゃないかと思ったからだが、
うーん……、熱いようなそうでないような……。

「すまん、ちょっとわからなかった。でも体調がよくないなら遠慮なく言えよ？」

「は、ハル……」

「同僚が体調不良だったら大変だからな。シフトに穴開くし」

「いや真面目か！」

普通に心配したのになんでツッコまれるんだ……？

アンは「う〜……」と自分のおでこを触りながら俺の方を睨んでくる。

とはいえその表情は怒っているというより、戸惑っているようではあったが。

「……ち、違う。スキンシップ自体は成功してるはず……！　だってハルもなんか顔赤いし……！　こ、こうなったらやっぱりアレをするしか……！」

「……？」

またしても一人でわけのわからないことをブツブツ言ってるアンだったが、やがてどこか覚悟を決めたような真剣な顔で立ち上がると、

「は、ハル、ちょっと向こう向いてて」

と、いきなり意味不明なことを言い出した。

「え、なんで」

「いいから！　早くあっち向いてってば！」

その迫力がすごくて、俺は仕方なくアンに背中を向ける。

なんなんだとは思ったが、こういう時は触らぬ神に祟《たた》りなしだ。

とはいえ、本当になんのつもりなんだアンのやつ？

「…………」

「…………」

「…………」

「…………………アン？」

俺はそのまましばらく黙って立っていたが、何も起こらないので振り向こうとする。

「こ、こっち見ちゃダメ！」

だが即座にアンに止められ、また前へ向き直る。

……マジでなんなんだ？　アンのやつ、何しようとしてるんだ？

仕方なく聞き耳を立てるが、何も聞こえてこない――……いや、微《かす》かに何かが……、これは息遣いか……？

「…………はぁ、はぁ……」

一度聞こえると、段々ハッキリと聞き取れるようになってきた。

ただの息遣いじゃない。興奮しているような、荒い息遣いだ。

「お、おいアン……？」

「だからダメだって！」

俺はなんだか怖くなって声をかけるが、やっぱりアンに止められる。

次第に背中の方から謎のプレッシャーのようなものを感じ始め、俺はとてもじゃないが黙って立ってなどいられなくなってきた。

「な、なあ、何するつもりなんだ？　それくらい教えてくれ」

「べ、別に何もしないし」

「じゃあなんでこんな体勢をとらせるんだよ？」

「それはその……、そう！　あたし、人の背後に立つのが趣味だから！」

「どこぞの凄腕《すごうで》スナイパーに撃たれそうな趣味だな⁉」

無理のある答えを返すアンに思わずツッコむ俺。

もちろんだが、長い付き合いの間でアンにそんな趣味があるなんて聞いたこともない。

「だから、マジで何を――」

俺は再度問い詰めようとするが、途中で言葉に詰まった。

というのも、

「…………はぁ、はぁ……！」

背後の息遣いがさっきよりも大きくなってきてるのに気が付いたからだ。

それに伴い背中の圧も強くなるばかり。

「…………はぁ、はぁ……」

「…………」

「……はぁはぁ、はぁはぁ……！」

「…………」

いや無理！　こんなの気にしないでいられるか！

「だから何なんだって——うわっ⁉」

いよいよたまらなくなって振り返る俺だったが、その瞬間、驚いて身を引いた。

なぜなら、アンが怪しい感じで両手を俺の方に伸ばしかけていたからだ。

「ば、バカ！　やめろ！　俺が何をした！」

俺は命の危機的なものを感じて、思わず後ずさる。

「あっ、ハル！　に、逃げないでよ！」

「逃げずにいられるかよ！　マジで何するつもりなんだお前⁉」

「べ、別に何もしないし？」

「その体勢で無理があるだろ⁉　首でも絞められるのかと思ったぞ⁉」

「な、なんであたしが！　そんなことするわけないじゃん！」

アンは赤い顔でそう反論するが、さっきの謎の息遣いといい、なんか得体のしれない気配みたいなのを感じる。

……もしかして、これが殺気ってやつなのか……⁉

「もう、振り向いちゃダメって言ったのに……！　ほら、あっち向いてよ！　これじゃさりげなくにならないじゃん！」

「さ、さりげなく何するつもりなんだ⁉　ってかこの状況であっち向けとかさすがに無茶だろ⁉　マジで何を企《たくら》んでるんだよ！」

「た、企むとか人聞き悪いことゆーな！」

「じゃあその手はなんだよその手は！」

「こ、これは……！　新しい自撮りポーズの研究……、みたいな？」

「言い訳が雑！」

無理がある上に言ってるアン自身が半笑いじゃねーか！

それに、あの手は間違いなく俺に向けて伸ばされていた。

つまり、俺に何かしようとしていたわけだが、何かされるにしたって心当たりはまるでない。

……とはいえ、知らないうちに何か怒りを買ってた可能性もゼロではない……？

やっぱり心当たりはなかったが、それでもここはこっちから一歩引くべきだと俺は素早く判断する。もしアンを怒らせる何かをしてたとしたら、謝っておかないとマズい。

そんなことでアンとの仲が悪くなるなんて絶対にごめんだからな。

「あ、アン、ごめん。俺が悪かった。知らないうちに何か気に入らないことをしてたんなら謝るから許してくれ」

「へ？　いきなり何言ってんの？」

「遠慮はしなくていいから。言いたいことがあるならハッキリ言ってほしい。だから闇討ち的なアレは勘弁してくれ」

「だ、だから闇討ちとかじゃないし！　ってか、別にハルに怒ってることとかないし、何それ……。あたしがハルに怒るとか、そんなことあるわけないじゃん……」

最後の方は小声で聞こえなかったが、ちょっと拗《す》ねたような顔でそう答えるアン。

「本当か？　そういえば普段からもっと身だしなみをどうにかしろとか言ってた気がするけど、それ関連とかじゃないのか？」

俺にはアンみたいにファッションセンスとかはないし、それについて時々あーだこーだ言われることがあったんだ。

「そ、それは、ハルがその気になったら絶対もっとカッコよくなるからって意味で……。って、そ、そんなことより！」

何やらごにょごにょ言ってたかと思ったら、不意に声を張り上げるアン。

「いいからあっち向いて、あたしのことは気にしないでってば！　そろそろシフトの時間だし、早くすませてお店に出ないとなんだから！」

「だからなんでだよ⁉　何をすませるってんだよ⁉　ってか、そういうことならさっさと店に行けよ！　オーナー一人で絶対回ってないぞ!?」

「うぐ……！　こ、こうなったら……！」

「え？」

アンは悩まし気に眉をひそめ、再び両手を構えて俺の方へとにじり寄って来た。

もちろん俺は反射的に逃げる。

が、アンはまるで獲物を狙うような目で俺を見据えながら追って来る。

……こ、これは、狩られる!?

「あ、アン、お前何を……!?」

「も、もうさりげなくは無理だけど……！　は、ハル、大人しくしてなさい……！」

「その言葉、日常生活で出てくるもんじゃないよな!?」

「だ、大丈夫だから！　すぐ済むから！」

「だから何がだよ!?　怖《こ》えーよマジで！」

謎の迫力をみなぎらせるアンに、俺は普通に戦慄する。

なんでこんなことになっているのか、原因を考えてる余裕もない。

アンが一歩前に出ると、俺は一歩後ろに下がる。

そうしてやがて部屋の隅へと追いつめられる俺。

「も、もう逃げられないわよハル……！」

「それ完全に悪人のセリフなんだが⁉」

なんかテンションがバグってるのか、アンの目が完全に据わっていた。

……こ、こうなったら一か八か……！

「あっ！」

俺は一瞬の隙を突いて、休憩室のドアの方へと走った。

背後からアンの声が聞こえたが、気にせずそのまま脱出を試みる。

「ま、待ってってば！」

「うわっ⁉」

だが、ドアノブに手をかける直前にアンに捕まってしまう。

ガッと肩に手をかけられた勢いで、俺は振り向きながら後ろに倒れてしまう。

「きゃっ⁉」

それと同時にアンもまたバランスを崩したのか、こちらに倒れ込んでくるのが見えた。

次の瞬間、俺は背中を床に打ち付けると同時に身体《からだ》の前面に重みを感じて「ぐぇっ！」

と口から声を漏らす。

そうして気が付けば、超至近距離にアンの顔があった。

……つまり、この重みはアンの——……っていうか、この体勢ヤバくないか？
まるで真正面からアンを抱きしめてるような……！　ってか、なんか柔らかい感触がさっきから二つ分……？

「……え!?」

そこまで考えて俺は硬直する。目の前のアンも、真っ赤な顔で無言。
目が合って、一瞬時が止まったかのような錯覚に陥る。

「あーん、アンちゃーん！　早くお店に出てよー！　私一人じゃ無理だよー！」

がその時、勢いよくバンッとドアが開いたかと思ったら涙目のオーナーが入って来た。
そして間もなく俺達の体勢に気が付くと、

「……あ」

と、目を大きく見開き、そしてニヤ～とした笑みを浮かべた。
その瞬間、止まっていた時が動き出した。

「ごめんね～、お邪魔しちゃったね～。仕方ないからもう少しワンオペでがんばるね～」

「いや、違……っ！」

ニヤニヤ笑いでドアを閉めるオーナーに、俺は慌てて立ち上がる。
アンもそれは同じだったらしく、身体にのしかかっていた重みも同時に離れた。

「お、おい、なんか変な誤解されたぞ⁉　放っておくとあの人、誰彼構わず言いふらすかもしれない！」

「え？　え⁉　で、でも誤解じゃないっていうか……⁉」

「ああもう、事故だってわかっちゃいるけど気を付けてくれよ！　俺だって男なんだから、あんなことされたら意識しちゃうかもしれないってのに……！」

「え⁉　い、いいいい意識⁉」

「とにかく、早くオーナーの誤解を解かないと——……って、アン？」

俺は焦《あせ》って自分でもよくわからないことを口走りながら後ろを振り返るが、その途中で口をつぐんだ。

というのも、アンの様子がおかしかったからだ。

顔は真っ赤で目は焦点があっておらず、頭がグラグラ揺れている。

「い、意識って⁉　じゃあ成功……⁉　でもでも、なんかハルは怒ってるし……！」

「……アン？」

「…………こ」

「こ？」

「ここここまでガッツリやるつもりはなかったんだからねっ⁉」

「え？　が、ガッツリ？」

「し、仕事行ってくるから!!」

「うわっ!?」

どうしたんだろうと思っていると、アンは突然そんなことを叫びながら休憩室から飛び出してしまった。

一人残された俺は、呆然《ぼうぜん》と半開きのドアを見つめる。

「………な、何だったんだ？」

しばらくしてかろうじてそんな言葉が口から出たが、もちろん答えてくれる者は誰一人いない。

頭の中には走り去った時のアンの顔と、さっきまで当たっていた二つの柔らかい感触が交互に浮かんで――

「って、何考えてんだ俺は！」

友人相手に不適切なことを考える自分を叱責するも、それでもなかなか頭から離れず、あまつさえ『やっぱりかなりデカかった……？』なんて思ってしまい、自分の最低さに頭を抱えて悶絶《もんぜつ》する始末。

俺はその後も、いつまで休憩してるんだとオーナーが文句を言いに来るまで、ひたすら頭を抱え続けるのだった。

☆

「……ほぼ成功、と言っていい結果だったと思いますわ……！」

静かに語り出した杏梨《あんり》の言葉が生徒会室に流れた。

それまでずっと無言だっただけに、他メンバー達は驚きの表情で顔を見合わせる。

「えっと、舞島《まいしま》さん？　成功というのはもしかして……」

会長が代表して慎重に訊《たず》ねると、杏梨は「ええ……」と頷《うなず》く。

「先日の恋愛相談の件ですわ。いただいたアドバイス通りにスキンシップを図ってみたのですが、かなりの手応えを感じましたわ……！　相手からも意識したとハッキリ言ってもらえましたし……！」

そう言ってほんのりと頰を染める杏梨。

親戚の子の相談とは思えないほど、言葉に力がこもっていた。

「そっか、成功したんだね！　それはよかったよ！」

「おめでとうございます舞島先輩。相談者の方も喜んでいたでしょうね」

祝福する香菜《かな》と渚《なぎさ》に、杏梨は照れたようにはにかむ。

「本当によかったわ。生徒会としてのアドバイスが役に立ったのだからね。それで、どんな風に成功したのかしら？　参考までに聞いておきたいのだけれど」

　会長も満足げな笑みを浮かべながらそう訊ねた。

「まさにアドバイス通りに行動したのですわ。肩に手を置いたり、手相を見ると言って手を握ったり、ホラー動画に驚くふりをして腕にしがみついたり、一緒に自撮りをしてくっ付いたりと……」

　まるでその時のことを思い浮かべているかのように具体的に語る杏梨。

「それはすごいわ。本当にアドバイス通りにやったのね。……ううん、聞く限りアドバイス以上に完璧な行動に思えるわ」

「そうだね。手相を見るって口実で手を握るとかアドバイスにはなかったのに、それはアドリブで考えたの？」

「え、ええ、どうすれば自然にできるかと必死に考えた結果ですわ」

「全てとても自然な形でスキンシップできてるように思えます。その相談者の方は本当に一生懸命やり方を模索したのでしょうね」

「そうですわ南条《なんじょう》さん。なにせ失敗は許されませんから！　何度も何度も頭の中で作戦を練り直しましたわ！」

「ふふ、それだけ真剣になるくらい、相談者は相手のことが好きなのね」

「え？　は、はい、そうですわ。彼のことは、本当に大好きですから……！」

ちょっとイタズラっぽい笑顔を浮かべながらそう言う会長に、杏梨はやっぱり自分の事のようにモジモジと答えるのだった。

「それでさ、成功したってことは、相談者とその彼との仲は進展したの？　もしかしてもうお付き合いすることになったとか？」

「さ、さすがにそこまではいってませんわ。……も、もちろんそうなってくれてればよかったとは思いますけど……」

「早瀬《はやせ》先輩、それはさすがに性急すぎます」

「そうね。恋愛とはそう簡単なものではないのよ……」

……ふっ、となぜかしたり顔の会長。

「それもそっか。でもさ、生徒会のアドバイスが役立って本当によかったよね。内容が内容だから責任重大だし、失敗でもしたらどうしようって思ってたから」

「あら早瀬さん、ずいぶんと弱気だったのね」

「会長はそういう心配はしてなさらなかったのですか？」

「もちろん万が一の場合のフォローは考えていたわ。でも実際のところ成功を確信していたわね。なにせ恋愛相談に関しては確かな成功例があるわけだから」

そう言って自慢気に胸を張る会長。

「成功例というのは……、この前の相談者の方ですの？」

「ええそうよ。その相談者はあれからもここで出たアドバイス通りのアプローチを続けているのだけれど、ずっと手応えを感じているわ」

「そ、それはすごいですわ！」

「ええ、この調子だと私の——相談者の恋が成就《じょうじゅ》するのも近いかもしれないわ」

……ふっ、と余裕の会長に、杏梨は尊敬の眼差《まなざ》しを向ける。

「そ、それでは私の方も……」

「ええ、これからも続けていけばきっと望む結果が訪れるに違いないわ」

「はい！　私の方もその方を見習って、またがんばってみますわ！」

「生徒会のアドバイスはとても有効よ。お互いそれを信じて、今後もアプローチを続けていきましょう！」

会長の力強い言葉に、杏梨は再び「はいっ！」と頷く。

そしてごく自然に固い握手を交える二人。

その光景に、香菜と渚はパチパチと惜しみなく拍手を送った。

こうして生徒会はまたしても迷える人々の悩みに応えた。

くじけそうになった時もその心を支え勇気づけるという姿勢は、まさに『寄り添う』ことを大切にする生徒会のあり方そのものなのだった。

……と、それはともかく、以下は余談。


「そういえばさ、さっき『ほぼ』成功って言ってたけど、なにか思い通りにいかなかったことがあったの？」

「え？」

「実は私もその点は気になっていました」

「そういえばそう言ってたわね。どうなの舞島さん？」

「じ、実は一つだけ思うようにできなかったスキンシップがありまして……」

「そうなんだ。どんなスキンシップ？」

「そ、それはつまり、一番女の子の柔らかさが感じられることといいますか……！　い、今はまだ恥ずかしくて言えませんわ！　成功した暁にはお話ししたいと思いますわ！」

「そうですか。気になりますけど仕方ありませんね。でもそんなに恥ずかしいスキンシップってなんでしょうか……？」

「……胸を押し付けようとしたとか？」

「⁉」

「あはは。まさか会長、そんなことするわけないよ」

「会長がそんな冗談を言うとは珍しいですね」

「⁉⁉」

「冗談ではないのだけれど……。でもまあ、さすがにいきなりそんなことはしないでしょうね。もし友達と思ってた子に急にそんなことされたら、相手も戸惑うでしょうし」

「⁉⁉⁉」

「スキンシップって一気に誘惑するような手段じゃなく、それが自然にできるような仲になるっていうのが目的だものね。だからあくまで自然にさりげなくっていうのが大事で、胸なんて押し付けようものならいかにもあからさまで――……って、舞島さん？」

「あれ、どうしたの杏梨？　なんか顔色が……」

「ええ、急に赤くなったり青くなったり――って、舞島先輩？　あ、舞島先輩⁉　大丈夫ですか⁉　舞島先輩⁉」

議題③　男友達が実は女の子だって気付いてもらうにはどうすればいいかな？

「ごめんなさい。少し遅れてしまったわね」

ある日の生徒会。メンバー達がいつも通り執務をこなしていると、遅れてやって来た会長が小走りに部屋に入って来た。

「あら優里奈《ゆりな》さん、珍しいですわね？」

「ちょっと風紀委員長に捕まってね。お話をしていたら遅くなったわ」

「風紀委員長と？　どんなお話だったのですか？」

何か問題でも？　と続ける渚に、会長は自分の席に座りながら少し苦笑する。

「今日風紀指導で取り上げたものについてだったんだけれど、それがね……。まあハッキリ言うとイヤらしいマンガだったそうなの」

「い、イヤらしい、ですか？」

「……エッチなマンガというやつですの？」

「そう、それ。男子が持ち込んでたのを取り上げたらしいんだけど、一人で読むならまだしもどうして学校に持ってきて複数人で読むのかって話になってね。風紀委員長は、男子同士はそういう話題で盛り上がるものだって笑ってたけれど、私はどうにも理解できなくて――」

「いやいや、男子同士だけじゃなく男女でも盛り上がれるよ！」

「「「え？」」」

不意に、会長の言葉を遮るように飛び出したその発言に、全員が香菜の方へ振り向く。

その当の香菜は、皆の視線にハッと我に返ったように目を泳がせた。

「早瀬さん？」

「い、いや、今のは違くて」

「男女でもとはどういう意味ですの？」

「べ、別に深い意味はないんだけど、その……、好きなもので盛り上がるのに男も女も関係ないっていうあくまで一般論で……」

「それにしてはすごく力のこもった声に聞こえましたけど」

「ま、まあそれは……」

皆から怪訝《けげん》な目を向けられて、香菜は珍しくうろたえる。

だがやがてチラチラと会長と杏梨をうかがうような視線を向けると、

「……あ、あのさ、会長と杏梨《あんり》の恋愛相談の件さ……。上手《うま》くいったんだよね？」

と、唐突にそんなことを訊いてきた。

「え、どうしたの急に？　前も言ったけれど、私の方はバッチリ成功したわ。なんなら今も成功し続けているから」

「私の方も完全にではありませんでしたが成功でしたわ。生徒会にアドバイスを求めてとてもよかったと思ってますわ」

その質問に会長は自慢気に返し、杏梨は恥ずかしそうに答える。

そんな二人を見て香菜《かな》はどこかソワソワした様子でこう続けた。

「じ、実はさ、僕も恋愛相談を受けてるんだよね。……その、友達から！」

「え、そうだったの？」

「うん、さっきのもそれ関連でさ。その相談者の話と関係してるなーって思ってつい口から出ちゃったたって感じで」

「さっきのって、エッチなマンガの話がですの？」

「い、いやいや、エッチかどうかは関係なくてマンガの部分に反応したっていうか……！

と、とにかく、悪いんだけどさ、僕の恋愛相談の方も生徒会にアドバイスをもらっていいかな？　……いいよね？」

どこか期待するような眼差しの香菜。

「それはもちろんかまわないわ。生徒会の恋愛アドバイスは的確だから、きっと早瀬さんの相談者の力になれるでしょうし」

やっぱり自信満々に答える会長。

それを見て、香菜は「やった……！」と小さく拳を握り締める。

「それで、相談内容はどんなものなのかしら？」

「まあその、内容自体は会長とかのとほとんど一緒で、好きな男の子がいて両想《おも》いになりたいって思ってるんだけど、自分から告白とかは難しいって感じで……。ただ、その理由がちょっと特殊なんだ」

「特殊？」

「うん。その……、簡単に言えば、相手から男友達だって思われてるんだよね」

「「え？」」

あまりに想定外なその言葉に、再び皆の声が重なる。

「ど、どういうこと？　その相談者は女子なのよね？」

「もちろん、相談者は正真正銘女の子だよ」

「てっきり同性愛の相談かと思ってドキドキしてしまいましたわ」

「そういうのじゃなくて。つまりその……、見た目とかで誤解されてるというか」

「早瀬《はやせ》先輩のお友達だけあって、早瀬先輩と似てるということでしょうか?」

「おいおい渚《なぎさ》ちゃん? 僕はれっきとした女の子だよ? ほら、スカートもはいてるし」

「そうですわ渚さん。香菜さんはカッコいい女の子として女子に人気なだけですわ」

「ま、まあそれはともかく、そういう事情がある子なんだよね」

杏梨のフォローにどこか気まずそうにしながら、香菜は続ける。

「男友達だって思われてるから告白以前の問題なんだよ。まずフラグが立つ前提条件が成立してないって感じで」

「なるほど……。じゃあ自分が実は女の子だって知ってもらうことが先決というわけね。素直にそのことを明かすのは?」

「無理だよ。相手は完全に男子だって思ってるんだ。それなのに急に自分は女の子だなんて明かしたら——」

「まあ、驚きますわよね。驚くだけで済めばいいですが」

「気まずくなって、友情自体にヒビが入ってしまう危険性もあります」

「ああ、やめてくれ! そんな話聞きたくないよ!」

まるで自分の事のように耳をふさぐ香菜。

「まあでも、それはわかるわね。今まで同性だと思ってたからこそできた話とかもあるでしょうから、その相手が実は異性だって知ったら、それまで通りの付き合いができるかどうかも怪しいというのはその通りだわ」

「でしょ⁉　だから悩んでるんだ……！」

「これは、かなり難しい相談かもしれませんわね……」

事情を知り「むむむ……」と真剣な顔で考え始めるメンバー達。

「でも前提として、いつかは女の子だって明かす時がくるわよね？　その相談者は相手と男女の仲になりたいわけなんだから」

「うん……、それはそう」

「でも今はできないというわけですわね。となると、男の子と認識されたままの状態でなんとかしないといけないと……」

「では自分は実は女の子だというアピールをして、お相手に気付いてもらう方向にいくしかないのではないでしょうか？」

「う……、やっぱりそうなるのかな」

「早瀬さん、どういう時がくればその相談者は自分が女の子だって明かせるのかしら？その条件とかはあるの？」

「条件っていうか、本当のことを言ってても受け入れてもらえるって確信が持てた時かな。ちょっとでも失敗する可能性がある以上、とてもじゃないけど言えないよ。彼を失うことなんて考えられない……！　虫がいい話とはわかってるけど」

「……いいえ、全然そんなことないわ。本当に好きな相手だからこそ失敗はできないというその気持ちは正しいわ！」

「私もわかりますわ。彼のいない人生なんて考えられないという気持ちは何も間違っていませんもの！　あ、私の相談者の話ですけれど！」

「そ、そうだよね！　それくらい本当に好きなんだ……！　こんな気持ちになったのは初めてで——……って、僕の相談者も言ってるんだよ！」

お互いうんうんと頷《うなず》き合って大いにわかり合っている三人。

「……あの、では結局どうすればいいのでしょうか？　向こうが気付いてくれるのを気長に待つしかないということですか？」

そんな三人を眺めていた渚が当然の質問をすると、全員がなぜかギクッと身体《からだ》を強張《こわば》らせた。

「そ、そうね。そうならないようにアピールするのが大事なのだけれど、今回の相談はそれさえ難しいということだったわね」

「何か可能性を探らないと、このままではアドバイスも出せませんわ」

うーん……、と再び考え込む一同。

だがそんな中、香菜が少し遠慮がちに口を開いた。

「……あのさ、難しいことだとは思うけど不可能じゃないとは思うんだ。だって一応実例みたいなのはあるから」

「実例？　どういうこと？」

「ほら、時々見るでしょ？　男友達だと思ってたら実は女の子でしたっていうラブコメとかのジャンルがさ」

「ああ、マンガとかでありますわね」

「そう！　ジャンルとしてあるってことはうれしいシチュエーションだってことで、つまりは需要があるってことでしょ⁉　だったらリアルでもワンチャンあってもおかしくないよね⁉」

「マンガではどういう風に二人の仲が進展していってるんですか？」

「それは……、だから普段からちょっとしたことでドキッとしたりして、もしこいつが女だったら――いやいやそんなことあるわけない――ってな感じでフラグを立てて、最後に本当に女の子だってわかって――」

「それはお相手の男子の方が意識してる構図ですよね？　そうじゃなくて女の子の方がアプローチしてるお話はないんですか？」

「あるにはある……、けどまだまだ全然少ないんだよ！　そういう作品はいくらでも読みたいのに！　なんかいいのあったら紹介してよ！」

「私に言われても困るのですが……」

逆ギレ気味の香菜に珍しく戸惑いを見せる渚。

「……でも、現実では結局女の子の方から動かないといけないのよね。だったら男の子と認識されつつも、もしかしたら女の子かも？　と思わせるようなアプローチを考えていくしかないと思うわ」

「で、でもそんな方法……」

「確かに難しいとは思うけど何かあるはずよ。そうね……」

会長はしばらく思案した後、なぜか少し顔を赤らめて口を開いた。

「たとえばこれは、私の相談者の例なのだけれど」

「え？　なにか方法が？」

「つまりその、下着を見られることで結果的にアピールになったというもので——」

「し、下着⁉」

「そう、わざとラフな服装で隙を作るの。そうすればさらに威力は増すわ」

「いや威力って言われても⁉　その人、本当にそんなことしたの⁉」

「え、ええ。とはいえ結果はギリギリ見られはしなかったのだけれど、それでもかなり意識させることには成功したと言ってたわ。つまりそれくらい効果は抜群だったと……」

なぜか自慢気に語る会長に、香菜は「ええ……」と戸惑うが、

「その相談者さんはかなり思い切ったことをしたんですのね。そのがむしゃらな姿勢、素直に尊敬しますわ」

「杏梨⁉」

会長の言葉に杏梨が同意したので、さらに驚く。

「好きな人に振り向いてもらうためには手段を選んではいられませんわ」

「その通りよ舞島《まいしま》さん。はしたないことだと自覚はしているけれど、それ以上に好きという気持ちが強いのよね」

「わかりますわその気持ち。私の方の相談者も同じですから……」

うんうんと頷き合う会長と副会長。

それを見て、香菜は「う……」と言葉に詰まりつつ、

「た、確かに僕の方だって、彼に振り向いてもらえるなら何だってする覚悟だけど……！

それでもその方法は無理だよ！　会長の相談者は成功したのかもしれないけど、それは女の子だって認識されてるからで、男だと思われてる状態で女性用下着を着けてるところを見られたらドン引きされちゃう！」

と、頭を抱えつつ悲痛な声を上げる。

「では私の相談者がとったスキンシップ作戦はどうでしょうか？　男子と勘違いされているとはいえ実際は女子なのですから、スキンシップで女の子としての柔らかさを伝えることはできるはずですわ。な、なんなら胸を押し付けたりして、ごく自然に気付いてもらえるかもしれませんわ」

「え、舞島さんの相談者ってそんなことしたの？」

「い、いえ、やろうと思って失敗したといいますか……。不慮の事故でうまくはできなかったのですわ」

「やっぱりしてたのね。その手段を選ばない前向きな姿勢……、共感を覚えるわ」

「私も、優里奈《ゆりな》さんの相談者さんを尊敬しますわ」

お互い共感しまくってる二人だったが、一方で香菜《かな》はというと、なぜかどんより暗い顔で落ち込んでいた。

「……どうしたんですの香菜さん？」

「……その作戦は無理だよ」

「え、どうしてですの？　ピッタリだと思いましたけど」

「……そうだね。ピッタリだね。それが可能なら……」

「え？」

「……できないんだ。その子、胸、なくて……」

乾いた笑みを浮かべながらそう呟《つぶや》く香菜に、他のメンバーは「……あっ」と聞いてはならないことを聞いたような顔になる。

「そのおかげで女の子だってバレずに済んでるんだけどね。ははは……、はぁ……」

気まずい空気が漂う中、香菜はちょっと涙目で肩を落とすのだった。

「ま、まあそれはともかく、困ったわね……。私の作戦はできさえすれば最高のアピールになると思ったのだけれど……」

「私の方も、失敗さえしなければ絶対いける作戦なのですが……」

「すごいですねお二人とも。相談者さんの生の声を聞いてるからか、アドバイスがすごく生々しいというか……。それに比べて私は、今のところ何も思いつきません。ごめんなさい早瀬先輩」

うーんという唸《うな》り声とともに、生徒会室に沈滞したムードが流れる。

「……やっぱり、このまま友達関係を続けてタイミングを見計らうしかないのかな」

そんな中、香菜の弱気ともとれる発言。

「でも、それができないからその子はあなたに相談したのではないかしら？」

「そうなんだよ！　本当に彼のことが好きで……、このままずっと普通の友達同士かもって思うと耐えられなくなってきてるんだ……！」

「ええ、誰かに相談をしたということは、そういう状況ですわよね」

わかりますわ、と優しく相談者に寄り添う姿勢を見せる杏梨《あんり》。

その気持ちは生徒会メンバー全員が持ち合わせていて、だからこそこうやって皆真剣に解決策を模索しているのだったが、それでもなかなか妙案は出てこなかった。

やはり相手に男だと思われているという部分が高い壁になっていて、今までになく苦戦する生徒会メンバー達。

口数も少なくなり、重い空気が流れ始める。

「……あの、少しよろしいでしょうか？」

そんな中、ふと渚《なぎさ》が口を開いた。

「解決策とかではないのですが、気になったことがあって」

「……なんだい渚ちゃん？」

「その相談者さんは好きな人に男の子だって思われてるというお話ですけど、そもそもどうして男の子だって勘違いされたのですか？　その人が男性っぽい見た目の方だったというのなら失礼な質問ですが……」

「ああ、そういうわけじゃないから大丈夫。ただ出会った時にちょっと変装っぽいことをしてたってだけから」

「変装？」

「んー……、彼と出会った時のことを話した方が早いかもね。っていっても、大したことはない話なんだけど」

香菜はそう言って、出会いのエピソードを語り出す。

「僕の相談者は周りに言えない趣味があってね。まあマンガを描くことなんだけど、あんまり知り合いには見られたくない内容なんだ。それは家族にも同じだったから、大抵はファミレスとかで描いてたんだけど、その時に万が一知り合いに会って身バレとかしたくないから変装してたわけ」

「それが、もしかして男装ということですか？」

「帽子を目深《まぶか》にかぶってスカートとかははかないようにしてたから、結果的にそうなっちゃった形だね。で、ある日不注意で原稿を落としてばらまいちゃって、そこに運悪く同じ学校の生徒が入って来たんだ」

「そう、それはピンチですわね」

「そう、絶体絶命だってメチャクチャ焦ったよ。でも、そこに現れたのが彼だったんだ。彼は半泣きの相談者を手伝って素早く原稿を拾い集めてくれてね。で、マンガを描いてるんだすごいなって、それが出会いだったたってわけ」

まるでその時のことを思い出しているかのように笑みを浮かべる香菜。

「同じ席に座って、話題は当然マンガのこと。お互いマンガが大好きだってわかって、時間を忘れて語り合ったよ。それ以来マンガ友達って感じで、今に至ると」

「なるほど、そんな出会いだったのですね。その相談者さんにとっては王子さまみたいな感じだったのでしょうね」

「そ、そんな大げさなエピソードじゃないけど。……でも、まあ間違ってないかな。今思えば好きになったのも出会ったその瞬間だったし……」

照れるように視線を逸《そ》らしながら言う香菜。

「それよ！」

「うわっ⁉　な、何⁉」

とその時、それまで黙って話を聞いていた会長がいきなり机をバンッと叩《たた》きながら勢いよく立ち上がったので、香菜はビクッと身体《からだ》をすくめる。

「どうしてその話を早くしなかったのよ！　解決策ならちゃんとあるじゃない！」

「え、か、解決策？　今の話って何のこと？」

「相談者はマンガを描くと言ったわね？　だったらその相手に対する想《おも》いをマンガにして見せればいいのよ！」

「……え？」

「ああ、なるほど！　マンガという形にすれば、どんなことを描いてもフィクションだって言えますものね！」

「その通りよ舞島さん！　マンガの中で相談者と相手をモデルにしたキャラを描いてアピールするのよ！　そうすればさっき私達が言ったようなことも簡単に——いいえ、それ以上のことだっていくらでもし放題よ！」

おおーっ！　と盛り上がる二人。

一方で当の香菜はというと、

「…………その発想はなかった」

まるで目から鱗《うろこ》が落ちたかのような顔をしていたのだった。

「早瀬《はやせ》さん、あなたさっき『そういう作品はいくらでも読みたい』って言ってたわよね？

男友達だと思ってたら実は女の子だったっていうラブコメで、女の子側がアプローチをする作品が少ないって言って。……少なければ自分自身が描けばいいのよ！」

そう言ってビシッと指差す会長に、香菜は雷に打たれたような衝撃を受ける。

「そ、そうか……！　リアルで無理ならマンガでやればいいんだ……！　彼が好きだって気持ちを思いっきり込めた作品を描いて、それを面白いと思ってもらえれば――」

「……そう、相談者の『勝ち』ね」

「それだー‼」

ダメ押しのその一言で、香菜は立ち上がりながら叫ぶ。

まるで闇の中で一筋の光を見つけたかのようなテンションで。

「ありがとう会長！　最高のアドバイスだよそれ！」

「その相談者自身のスキルがあってこその発想よ。マンガが描けるなんて羨ましいわ。作品の中でアピールし放題ですものね」

「そうですわね。実際には難しいというお話でしたが、マンガの中でなら先ほど私や優里奈さんが言ったアプローチもできるでしょうし」

「いえ、それ以上のことだってできるわ。それこそ、作者の願望を思いっきりぶつけることだって可能よね」

「……願望を、ぶつける？」

「ええ、だってマンガの中では何でもできるでしょう？」

それは何でもない一言のはずだったが、なぜか香菜は目を見開く。

「まったく羨ましいわ。そんなスキルがあればアピールし放題だものね」

「本当ですわ。自分と相手そっくりのキャラを出して、これはフィクションだからって言い張れば無敵ですわ」

「それこそ、あんなことやこんなことも……！」

「それができればアピールし放題……！」

羨ましい羨ましいと盛り上がる二人。

一方で香菜はそんな二人に目もくれず、どこか呆然《ぼうぜん》とした様子で考え込んでいる。

しかも、その顔はどんどん紅潮していくように見えて、

「……どうしたのですか早瀬先輩？」

「え？　あ、いや……」

渚が不思議そうな顔で声をかけると、香菜は我に返った様子だったが、それでもどこか生返事だった。

「……渚ちゃん、僕がんばるよ。いや、相談者にがんばるよう伝える。本当の願望を出し

た作品を描くようにって……！」

「あ、はい。それがいいと思いますけど……」

妙に力がこもった言い方の香菜《かな》に首を傾《かし》げる渚。

しかし香菜はそんな渚の様子など気にした風もなく、再び自分の思考に集中する。

さっき口にした本当の願望を思い浮かべているのか、やっぱり顔が赤く染まっていく香菜だったが、その中身が何なのかは本人以外の誰にもわからないのだった。

▽

「ごめん、バイトが長引いてちょっと遅れた」

俺はそう言って先客の姿を確認しながら、ファミレスの奥まったボックス席に入った。

「大丈夫だよ。僕も今来たとこだから」

そう言って顔を上げたのは、帽子を目深にかぶった少年だった。

こいつの名前はカナタ。俺の友達だ。といっても、同じ学校の生徒ってわけでもなければ、小中学校で同級生だったってわけでもない。

こいつと出会ったのは今から半年くらい前。

キッカケは些細《ささい》なことだったが、それが元で今ではこうやって定期的に会っては親交を深めているというわけだ。

「そっか？　ならよかったよ。で、そっちのブツは？」

俺はそう言いながらカナタの正面に座り、早速本題に入る。

「もちろん、ちゃんと持ってきたよ」

カナタは俺の言葉にニヤリと笑うと、置いてあった鞄《かばん》を引っ張り出した。

それに合わせて、俺も自分の鞄を開く。

そうしてお互い不敵な笑みを浮かべながら、同時にバッと中身を取り出す。

「見ろ！　『ウォーチーフ』シリーズ全巻だ！」

「こっちは『ハナキミ』シリーズの全巻だよ！」

バーンッと効果音が鳴りそうな勢いで提示されたそのブツ——マンガ本の束を見せ合いながら、俺達は大いに盛り上がる。

このやり取りを見てわかる通り、俺とカナタとのつながりはマンガだった。

お互い大のマンガ好きで、こうして直接会っては「あの作品はよかった」とか「この作品はストーリーが神」などと大いに語り合う仲——いわゆる趣味の友達というのが俺達の関係なのだ。

実はこういう関係性は貴重だったりする。

別に隠すような趣味じゃないし学校の友達ともマンガの話題は出たりするが、細かいところまで突っ込んだ話は誰とでもできるものじゃない。

こういう『オタ友』的な友人はなかなか得難《えがた》いものだが、幸運にも俺はカナタに出会うことができたというわけだ。

「ありがたい、ずっと読みたかったんだよなそれ！」

「僕もだよ。じゃあいつも通り、交換だね」

そう言って、俺達はそれぞれ持ってきたマンガ本を相手に渡す。

お互いが持ってるマンガを貸し借りするのもいつものことだ。

こづかいに限りがある学生にとって、こういうことができる友人というのも実にありがたい存在だったりする。

こういう時、ネットでダウンロードじゃなく紙媒体派ってのは大きいよな。

「おっと、この前借りてたのは返すよ」

俺はカナタから新しいシリーズを受け取りつつ、前回借りた分を返却する。

「僕の方も返すね。ハルヒサに貸してたのは『裏カノ』だったっけ。どうだった？」

「面白かった！　さすがカナタがお勧めするだけはあったな」

「えへへ、でしょ？」

「まずあの作品は、クール系彼女の裏の顔が可愛《かわい》いっていうコンセプトがよかったよな。それにキャラも全員立ってて──」

俺はカナタに借りて読んだ『裏カノ』シリーズについて語り始める。

こうやって直近で読んだマンガの感想を語り合うのもいつものことだが、これがまた楽しい時間なのだ。

こっちが一方的に語るだけじゃなく、カナタも同じくらいの熱量で自分の感想を返してくれるからとても盛り上がる。

「ああ、やっぱり裏カノはいいよねぇ。なんといっても絵がいいんだよね！　キャラのデザインが最高すぎるよ！」

カナタは特にラブコメが好きで、さらに絵のクオリティ重視派だから、この作品については熱い感想が多い印象を受ける。

そういう自分の『好き』に真っ直《す》ぐなところがいかにもオタクって感じでいい。

「特にキャラの線がいいんだよ！　丸みがあるというか柔らかみがあるというか……！この線で描かれる巨乳はまさに人類の至宝だね！」

「めっちゃわかる。見えてないのにそこらのエロマンガよりよっぽどエロスを感じるってのがすごいよな」

「それ！　さすがハルヒサ、わかってるね！　この絵でエロが見れたならってマジで思うよ！　まあ僕レベルになると服の上からでも見えたりするんだけどね！」

「どんな心眼だよ。……でも待てよ、確かこの作者って商業デビューする前にエロ同人を描いてたはずだぞ」

「え、マジで⁉」

「マジで。前にネットで見た記憶がある。１ページだけのサンプルだけど」

「うわー、読みたい！　絶対探す！　もしネット上になかったらショップで探す！　その時はハルヒサも付き合ってね！」

目を輝かせるカナタに、俺はもちろんと頷《うなず》く。

普通なら友達でも一緒にエロ同人探しとか勘弁してほしいが、カナタは別だ。

こういうエロも含めたマニアックなトークができるのが俺達の関係だからな。

こっちの返答にグッと親指を立てるカナタ。その情熱、実に清々《すがすが》しい。

そんな会話をしつつ、俺達のマンガ語りは続いていく。

「でも素晴らしいのは絵だけじゃなくて、ストーリーの丁寧さもなんだよね。やっぱりマンガは絵だけじゃなくて物語も重要だから」

「それはその通り。あと重要なのはやっぱキャラだな。特にラブコメで大事なのはギャップだと思ってて、この作者はそれがよくわかってる」

「ネットでは王道過ぎるって批判もあるみたいだけどね」

「それはひねくれたやつの意見だな。王道ってのはいいものだから王道なんだよ」

「それは超同意。星一つのレビューとか読んでると『わかってないなー』って思っちゃうよね。ほら、これとかさ」

カナタがスマホでレビューサイトを開きながら言う。

ネットの反応とかも見ながら語り合うのがまた楽しかったりするのだ。

「マジでわかってないよなー。でもこっちの星五のレビューとかすごくいいこと書いてるぞ。内容も的確だし」

「あ、それ僕のレビューだ」

「お前も書いてたのかよ！　道理で意見が合うと思ったわ！」

そんな感じで楽しいトークは続いていき、間でレビュー動画とかも見てあーでもないこーでもないと語り合う俺達。

どれくらい話し込んでいたかわからないが、そんな中でふとカナタが「そういえばさ」と言って俺に訊《たず》ねてきた。

「ちょっとした疑問なんだけど……、ハルヒサはさ、ヒロインの属性とかどんなのが好きだったりするのかな……？」

「ん？　ヒロインの属性って、ラブコメとかのだよな？　そうだなぁ……。ツンデレとかクーデレとかのコンセプト系も好きだし、妹とか幼馴染《おさななじみ》とかの関係性重視のもいいし、青春系のちょいビターなキャラもいけるし……。正直嫌いな属性ってのが思い浮かばないから全部好きといっていいんじゃないか」

「そうなんだ。つまり……、何でもいけるってこと？」

「よっぽど変なのじゃなければいけるぞ。病み成分の強いヤンデレとかは勘弁してほしいかもだが、上手《うま》く描けてる作品なら読んでみたいし」

「ふ、ふーん。……じゃあさ、たとえば『男友達だと思ってたら実は女の子だったヒロイン』とかは……？」

「ああ、それもいいよな。王道の一つだと思うし、もちろん俺も好物だ」

「そ、そっか！　ふーん、そうなんだ……！」

なぜかちょっと嬉《うれ》し気な反応のカナタ。

心なしか声も弾んでいるような気がする。

「どうした？　もしかしてそういうヒロインが出てるお勧めのラブコメ作品とかを見つけたのか？　だったら教えてくれよ」

「え？　あ、いや、そういうわけじゃないんだけど……」

俺の言葉に、カナタはちょっと焦《あせ》ったように首を振る。

なんだか歯切れが悪いな。ちょっといつもと様子が違うような気がするが……？

俺がそんな風に思っていると、カナタは自分の鞄を手繰り寄せ、小さく深呼吸をしてから俺の方に振り向く。

「じ、実はさ、今日はちょっとハルヒサに見てもらいたいものがあるんだ」

「見てもらいたいもの？　何かレアな本でも手に入れたとか？」

「ううん、そういうのじゃなくて……」

モゴモゴと口ごもるカナタだったが、やがて意を決したように鞄の中から取り出したものを俺の目の前に差し出した。

……これは、紙束？

「これ、原稿なんだけど……。僕が描いた……」

「え、原稿⁉」

それを聞いて、俺は驚いてカナタとその原稿を二度見する。

「つまり、完成したってことか⁉」

「ま、まあ急遽《きゅうきょ》描いたやつですごく雑なんだけど。でも、一応作品として出来上がったものだとはいえるかな……」

「すごいじゃねーか！　やったなカナタ！」

カナタが頬を赤くして俯《うつむ》く中、俺はまるで自分の事のように喜ぶ。

というのも、俺はカナタが自分でマンガを描いているというのを知っていたからだ。

これまでは、満足いく出来にならずとても他人に見せられるようなクオリティじゃないとかで見せてもらえてなかった。

でも、ついにそれが完成したというんだからそりゃ友達として――そして一マンガ好きとしてすごくうれしいに決まってる。

……そういえば、カナタと出会った時もマンガを描いてたんだったな。

友達になって「いつかは読ませてくれよ」って話をしてたわけだが、ついにその日が来たってわけか……。こりゃテンションも上がるってもんだ！

「いやー、最近スランプだって言ってたから心配してたんだよな」

「そ、そうだったんだけど、急に描きたいものができてさ」

「『降りてきた』ってやつか？　俺はクリエイターじゃないからよくわからないが」

「う、うん、まあそんなとこかな？」

なぜかちょっと気まずげに視線を逸《そ》らすカナタ。

そんなことより、今は原稿だ！

「読んでいいのか？」

「も、もちろん。ハルヒサに読んでもらうために描いたみたいなものだから……」

……くぅ、うれしいこと言ってくれるじゃないか。

本当は自分の描きたいものを追求したはずだろうが、友達への気遣いも忘れないってのがカナタの性格を表してる。

「ところで、どんな作品なんだ？　ジャンルとかは？」

「そ、それは、読んでみればわかるよ」

そりゃそうだが、気構えとして聞いておきたかったんだよ。

そういえば、最初に出会った時描いてた原稿では美少女キャラが出てた気がする。

拾い集める時にチラッと見ただけだが、雰囲気としてはラブコメだろうか？

だとしたらカナタは絵もかなり上手いし期待できそうだ。

と、そんなことを考えていると、カナタは席を移動して俺の隣に座り、

「はい、どうぞ。……あ、あのさ、えっちぃけど、そこは気にせず読んでね」

……なに⁉　しかも微エロ系だと⁉

意外だったが、もちろん俺はそういうジャンルも大好物だから問題ない。

しかしカナタのやつ、外見は小柄な美少年って雰囲気なのにちゃんと男としてのエロ魂も持ってるんだからな。ますます友情が厚くなるぜ。

「じゃあ、読ませてもらうな?」

「う、うん……!」

俺は緊張するカナタを前に、ワクワクしながら原稿に目を落とす。

さてどんな作品なのか——と思いながらページをめくり始める俺だったが、

「……なっ⁉」

やがて目に飛び込んできた光景にすさまじい衝撃を覚えるのだった。

なぜなら——

「こ、これは……! これって、え、エロマンガでは⁉」

そう、内容がどこからどう見てもR-18作品の類だったからだ!

「うん、そうだよ」

驚愕《きょうがく》する俺に対し、当のカナタは満面の笑みで頷く。

まるで当然のことだといわんばかりのその反応に、俺は謎の戦慄を覚える。

「も、もしかして、出会った時に描いてた原稿も……?」

「もちろん、エロマンガだよ」

「将来はマンガ家になりたいって言ってたけど……」

「うん、エロマンガ家になるのが夢だよ」

やっぱり笑顔で答えるカナタ。

へー、あー、そうだったんだー。

……ってなるか！　超衝撃の事実だわ！

ど、どうしよう。どうリアクションすればいいかわからん……！

「ハルヒサ？　どうしたの？」

「え!?　あ、いや……！」

「もしかして、僕がエロマンガを描いてるのに引いちゃった……？」

不安げな表情で訊ねてくるカナタに、俺はハッと息を呑《の》む。

……そ、そうだ。突然のことで焦っちまったが、よくよく考えてみるとカナタがエロマンガを描いてたからって何が悪いわけでもないじゃないか。

あまりにも意外だったからショックで頭がバグってた。

友達にこんな不安そうな顔させて、何やってるんだ俺は。

「……いや、全然そんなことないぞ。ちょっと驚いただけだ」

俺は冷静さを取り戻し、落ち着いた口調でそう答える。

「まさかカナタが描いてるのがエロマンガだったとは思ってなかったからな。でも、いいと思う。うん、エロマンガ家、いいじゃねーか。俺は応援するぞ」

「本当⁉　やった……！」

俺の言葉に、カナタはどこか安堵《あんど》したように胸をなでおろす。

もちろん、これは本音だ。

エロマンガとは男の欲望を具現化してくれる素晴らしい媒体。

感謝こそすれ否定的な印象など全くない。……俺も好きだしな！

「ハルヒサに受け入れてもらえて本当によかった……！」

……ったく大げさだなカナタのやつは。

マンガ好きの俺がピンポイントでエロマンガだけ嫌いなわけないだろ。

エロを描いてるのが引かれるって思ってたのかもしれないがそれも的外れだ。

俺達くらいの歳《とし》でエロに興味のない男なんていないんだから、カナタももっと堂々としてればいいのにな。

「よし、じゃあそのつもりで改めて読ませてもらうな」

「う、うん、是非感想を聞かせてほしいんだ」

任せろ。カナタの初作品なんだから、全力で向き合ってやるぜ！

俺はそう考えながら再びページをめくっていく。

さて、エロマンガと一言で言ってもジャンルは様々だ。

カナタは一体どんなジャンルを描いたんだ？　と楽しみに読み進めていったのだが、

「…………………………………………………………」

無言で読んでいた俺に、カナタは期待のこもった視線を向けてくる。

「……………ど、どうかな？」

だが、俺は何も言わなかった。ってか言えなかった。

カナタの作品は、ジャンルとしては純愛モノ（？）だ。

主人公が男友達だと思ってたのが実は女の子だったという、いわゆる男装女子ヒロインの話で、それはそれでカナタってこういうのが好みなんだなーとニヤニヤできたんだが、
問題はそこじゃなかった。

「……なあカナタ、この主人公さ」

「なになに、感想⁉」

「いや、もしかしてだけどさ、これって俺がモデルになってね……？」

俺は原稿を指さしながら、恐る恐る訊《たず》ねる。

そう、問題とは主人公にどこか既視感を覚えるというか、ぶっちゃけ明らかに俺が元ネ

タだろと思ってしまった点だ。

「え、そ、そうかな？　そんなことないと思うけど？」

「だって髪形とか服装とか……。名前もハルだし」

実際にバイト仲間のアンにそう呼ばれてるから余計に生々しい。

「あ、あはは。まあ、実はそうなんだけどね」

「あっさりゲロった⁉」

「だ、だって仕方ないじゃん。男キャラってあんまり描かないから、誰かを参考にしようと思ったらハルヒサが思い浮かんだんだもん！」

「お前、そんな理由で俺をエロマンガに登場させんじゃねーよ⁉」

「ち、違うし。これはあくまでハルヒサを参考にしたハルってキャラだし」

「ってか、そういうことならお前自身をモデルにすりゃいいじゃねーか！」

「僕じゃ参考になるわけないでしょ⁉」

「なんでだよ⁉　お前も男だろーが！」

意味不明なその反論にツッコむが、カナタはプイッとそっぽを向いてしまう。

……なんなんだよ一体……。

「それにさ、この作中の場所も……」

「ああ、それはこのファミレスを参考に」

「マンガの貸し借りをする関係性とか……」

「ま、まあ、それは僕達を参考に……」

「参考にしすぎだろ⁉　もうちょっと自分の頭で考えろよ⁉」

「い、いいじゃん！　そっちの方がリアリティは増すでしょ⁉」

「エロマンガにそんなもん増させんでいいわ！」

究極のフィクションであるべきエロマンガなのに、無理矢理現実に引き戻そうとするのはなんなんだ？　しかも俺限定で！

「そ、そんなことより感想を聞かせてよ。ほら、このシーンとかどうだった？」

そう言ってカナタが訊《き》いてきたのは、ヒロインが主人公にパンツを見せる場面だった。

なかなか女の子だと気付かない主人公に、ヒロインがしびれを切らしたように女の子アピールをするシーンなわけだが、

「うん、まあこういうジャンルだと王道のシーンだよな」

「だよね。絶対必要だよね。で、これがベストだと思う？　他に改善案とかあったら聞かせてほしいんだけど」

「いや、わざわざ改善とかはいらないんじゃないか？　お前が納得してるなら」

「僕よりハルヒサの感想が大事なんだよ！　だってハルヒサは主人公なんだからさ！」

「俺は勝手に参考にされただけで主人公じゃないんですが⁉」

「ほ、ほら、他人の何気ない感想とかが改善のヒントになることとかあるからさ、思ったことなら何でも言ってほしいんだよ」

なんか必死な感じでそう言うカナタ。

自分がいいと思ってるならそれでいいと思うんだが……。

でもそれでカナタの作品がよりよくなるなら協力すべきかもしれない。

「うーん、そうだな……。このシーン、男装状態でパンツを見せてるけど、それより一度スカートに替えてからたくし上げで見せた方がエロい気はするかな」

「‼　な、なるほど！　さすがハルヒサはエロ魔人だね！」

「なにその嫌な称号⁉」

いや、エロいことは否定しないけどさ！

「褒めてるんだよ！　そっかスカートに着替えた方がいいのか……！　ちょ、ちょっと待ってね。すぐ修正するから！」

カナタはそう言って、いつの間にか手に持っていたタブレットに向かい、すさまじい速さでペンタブを動かし始める。

そして間もなく画面をこちらに向けると、そこには見事にたくし上げスカートに修正された原稿があった。……速すぎない？

「どうかな？　他にも何か要望はある？」

「え、えっと……。パンツを見せるシーンだから、黒ニーソとか履いてたらもっと強調できるんじゃないかとは思う」

「ニーソね！　ＯＫすぐ修正する！　そっか、ハルヒサはニーソ好きなんだね……！」

「いやあくまで見せ方としての意見だからな⁉」

ニーソ好きだってことは否定しないけどさ！

……くそ、なんかだんだんヤケクソな気分になってきたぞ……！

「はい修正完了！　他には？」

「……パンツもいっそのこともっとエロくしていいんじゃないか。思い切って布面積を小さくして紐《ひも》パンにしたり……」

「ひ、紐パン……！　は、ハルヒサのエッチ！」

「エロマンガ描いてるやつのセリフじゃねーよなぁ⁉」

「ひ、紐パンとかどこで買えばいいんだろ……！　と、とりあえず、こんな感じで修正してみたけどどうかな⁉」

タブレットの画面には、俺の言った通りに修正されたシーンがあった。

これまでの意見は俺自身の好みがあったことは否定しない。

だからこそ、こうやって目の前で俺好みのエロシーンが出来上がっていくことに変な感触を覚える。主人公が俺をモデルにしてるからなおさら。

さすがにフィクションと現実を混同したりはしないが、それでもなんというか、恥ずかしいというかむず痒《がゆ》いというか……。

「うわぁ……。こ、これをいつか僕もリアルで……！」

でもまあ、カナタはなんか喜んでるみたいだからよしとしよう。

友人の夢に協力していると思えば、多少の恥ずかしさも耐えられるってもんだ。

「ねえねえハルヒサ、こっちのシーンは？　こっちも改善案はない？」

と、そんなことを考えていると、カナタがまた違うシーンのことを訊いてきた。

今度はヒロインが女だってわからせるために主人公に胸を触らせるシーンか。

「……そうだな、ここもわかりやすくするために、鷲摑《わしづか》みにして指をおっぱいに沈ませるくらいがインパクトが出るんじゃないか。となると、ヒロインをもっと巨乳に──」

「あ、それはダメ」

「へ？」

俺の意見を、カナタは真顔で遮る。

「巨乳はダメ。絶対ダメ」

「な、なんで？　やっぱ巨乳の方が喜ぶ読者も多いだろうし――」

「そんなの関係ないから。このキャラは貧乳じゃないとダメだから。っていうか、巨乳は敵だから」

「ええ⁉」

「大きければいいってものじゃないから。ハルヒサも巨乳好きなら、考えを改めた方がいいと思う。僕がこの作品で貧乳の良さをハルヒサに教えてあげるから」

「いやお前、さっき巨乳は人類の至宝とかなんとか……」

「それはあくまでフィクションの話だから！」

「これもフィクションですよね⁉」

「そ、そうだけどそうじゃないんだよ！」

謎の力説をするカナタだったが、普通に意味がわからないんだが⁉

「とにかく、このキャラは貧乳以外ありえないんだよ。何か文句でも？」

「い、いえ！　貧乳最高っす！」

ニコリと笑うカナタだったが、俺にはそれが笑顔に見えなかった。

背筋に冷たいものが走り、俺は思わずそう返事をしていた。するしかなかった。

……ま、まさかカナタのやつ、巨乳好きと見せかけて実は貧乳にもそこまで思い入れがあったとは。性癖って複雑なんだな。肝に銘じておこう……。

「じゃあ、わかってもらえたところで他のシーンもアドバイスをお願い」

「え、ええっと……。そうだな、エロシーンへの移行が唐突過ぎる気がするかな。エロマンガとはいえもうちょっとこう、納得のいくストーリー進行にした方が……」

「そこはいいの。今はストーリーとかどうでもいいから。重要なのは何がどんな風に描かれてるかだけだから」

「いやお前、さっきマンガは絵だけじゃなく物語も重要だって……」

「え、エロマンガはエロければそれでいいんだよ！」

「暴論では⁉」

なんかさっきと言ってることが違くないか⁉　しかも180度ほど！

「ほらほら、他にもどんどんちょうだい。気になってるところとか、そういうのあれば全部教えてほしいから」

「えっとえっと……！　あ、待てよ？　そういえばこの作品、エロマンガなのに本番シーンがないような……？」

急《せ》かされて焦《あせ》る中、俺はふと根本的なところに気が付く。

ページを最後までめくってみても、エロマンガの核である本番シーンがなかったのだ。

まだ途中までなのかとも思ったが、話の流れとしてはオチがついてるみたいだし……？

「なんでないんだ？　エロマンガなのに」

なので俺は普通にそう訊《たず》ねる。

だがカナタはなぜかカッと顔を赤くして、

「そ、それは……！　だ、だってまだ描けないよ！　まだ！」

「え、なんで？　まだってどういうことだ？」

「ほ、本番なんて、そんなの付き合ってからじゃないとダメに決まってるよ！　ほら、まだこの二人も付き合ってないでしょ⁉」

「そこ⁉　さっきストーリーはどうでもいいとか言ってたのに⁉」

「ストーリーはともかく、これは絶対だから！」

真剣な目でそう断言するカナタだったが、まったく意味がわからない。

……なんなんだよ、そのわけのわからないこだわりは⁉

「と、とにかくそういう細かいところはいいから、ハルヒサがもっとこのマンガはエロいと思えるような大枠のアドバイスがほしいんだよ。ほら、何かない？」

そう言ってカナタは俺の疑問をスルーしつつ、再び原稿を覗《のぞ》き込んでさっきと同じような感じであっちのシーンやこっちのシーンの感想を訊ねてきた。

その勢いに戸惑う俺だったが、必死さに気圧《けお》されて仕方なく言われた通りにする。

俺はこうすればもっとエロいのでは、といったことを（１００％主観で）口にすると、カナタはそれを基に速攻で修正作業を行う。

そうしてだんだんとその原稿は俺の好みが反映されていき「これって俺専用のエロマンガを描いてるんだろうか……？」と一瞬錯覚しそうになる。

もちろんそんなことはなく、カナタも喜んでるからいいのだが、やっぱり俺はどこかいけないことをしているような気分になるのだった。

「……ふう、いい意見がいっぱい聞けたよ。これをベースに修正して、ちゃんとした原稿として仕上げるから、その時はまた感想お願いね」

やがて一通りのシーンで質問を終えると、カナタは満足そうな笑顔でそう言った。

若干顔が赤く見えるのは興奮しているからかわからないが、なんにせよカナタの役に立てたならよかった。

で、俺はというとなんかすごく疲れたんだが……。

「あれ、どうしたのハルヒサ？　なんかグッタリしてるけど……。も、もしかして賢者モードってやつ？」

「違うわ！　誤解を招く使い方するな！　そうじゃなくて、お前が勝手に俺をモデルになんかするから気疲れしたんだよ……」

「い、いいでしょ。エロマンガに出演できるなんて男の夢だよ！　あ、ちなみに女の子もそういう夢を持っていいよね!?」

「どこからツッコめばいいかわからん発言はやめてもらえますかねぇ!?　少なくともあの主人公は俺自身じゃないってことはハッキリ言っておくぞ！」

「えー……」

「なんでそこで不満気なんだよ……」

そんな顔するならお前自身を主人公にしとけよと言いたい。

「ったく、まさかキャラのモデルにされるのがこんなに大変とは……。しかもエロマンガだし。読んでて気まずくなるんだが？　幸いヒロインの方はモデルとかいないみたいだからまだよかったけどさ」

「え!?」

「ん？　なんだよカナタ」

さすがに俺には男装女子の友達なんていないぞ。

もしかしてカナタにはそういうモデルになった知り合いがいるのかもしれないが。

「む、むぅぅ……！」

「な、なんで睨《にら》む？」

「べ、別に！　それよりもさ、どうだった？　僕の作品⁉」

どうしてちょっとキレ気味なんだ……？

「感想ならさっき各シーンで散々言っただろ……」

「今度は全体の話！　全部読み終わって、この作品はどうだった？」

「そりゃまあ、普通によく描けてたと思うぞ？」

「そ、それだけ？」

「やっぱカナタって絵上手《うま》いよなって再認識した」

「う、うれしいけど今はそういうのはいいから！」

「なんでだよ⁉　マンガ家志望にはメッチャ誉《ほ》め言葉だろ⁉」

「そうじゃなくて、お話としてどうだったかって訊《き》いてるの！　こ、このヒロインはハルヒサ的にはアリだった⁉」

「え？　まあ、普通に可愛《かわい》いと思ったけど」

「…………ダメ。なんか軽い」

「まさかのダメ出し⁉」

「そんな程度の感想じゃダメなんだよ！　もっとこう『これこそ俺の求めてた理想のヒロインだ！　リアルでもこんな女の子がいてほしいよおおお！』ってくらいのテンションでハルヒサが床を転げ回るようなヒロインを描けなきゃダメだ！」

「俺にどんなリアクションを期待してるんだ⁉」

「そういうリアクションだよ！」

「無茶言うな！」

「む、無茶だってわかってるけど……！　でも、それくらい夢中になってもらえるような作品を描かなきゃダメなんだ僕は！」

そう言ってカナタはグッとこぶしを握り締める。

……ほ、本気だ。まさかカナタがこんなに高い理想の持ち主だったとは。

「……よし決めた」

「な、何を決めたんだ？」

「僕の作品を通じて、ハルヒサを無類の『男友達だと思ってたら実は女の子だった』系ヒロイン好きにしてみせる！」

「な、なに⁉　なんでそこまで⁉　今でも十分上手く描けてるって！　このままブラッシユアップして発表したら普通にいけるレベルだぞ!?」

「いや、まずはハルヒサを攻略しないと始まらないから……」

「なんでだよ!?　完璧主義が過ぎるぞ!?」

「そ、そういうのじゃないけど、僕の中ではハルヒサにこのヒロインを心底好きになってもらわないと先に進めないものがあるんだよ！」

「意味がわからん……！　そもそもなんでこの男装女子ヒロインにそこまでこだわるんだよ。そんなにこの属性が好きなのか？」

「『男友達だと思ってたら実は女の子だった』系ヒロイン、ね？」

「あ、す、すんません……」

「好きというか、このヒロインは僕の根っこみたいなものだから」

顔を赤くしつつも、真《ま》っ直《す》ぐこちらを見据えながらそう言うカナタ。

……まさかカナタがその属性――えっと『男友達だと思ってたら実は女の子だった』系ヒロインにこだわりを持っているとは……。

「でも、なんで俺なんだよ……。俺一人の感想なんて重視する必要ないだろ」

「う、上手く言えないけど、ハルヒサに受け入れてもらえたら、僕は本当にこのヒロインを描けたことになる気がするんだ」

……なるほど。確かに、そういうのは理屈じゃないのかもしれない。

マンガ友達である俺に認められることが自信になるっていうなら、それに付き合うのが友情ってものなんだろうな。

それに、カナタの中で俺が友人として大きな存在だって言われてるみたいでちょっとうれしかったりもするし。

「……わかったよ。お前の気が済むまで付き合うよ」

「ほ、本当⁉」

俺がそう言うと、カナタは本当にうれしそうな笑みを浮かべた。

その笑顔を見ていると、友達の夢に協力できる自分をうれしく思える。

……とはいえ、協力って具体的に何すればいいんだろうな？

「じゃあ、これから毎回会う時には新しい原稿持ってくるから読んでね！」

「え⁉　ま、毎回⁉　しかも新作って、そんなことできんのか⁉」

「大丈夫！　今回のも大体一週間くらいで描き上げたから！」

「今まで半年かけても納得いく作品ができなかったとは思えないペースなんだが⁉」

「『男友達だと思ってたら実は女の子だった』系エロマンガを描く僕は無敵だから……」

「そ、そっすか……」

「あ、それだけじゃなく、ハルヒサにはそういう系ジャンルの作品とかも読んでもらうからね。今度僕のおすすめ作品を持ってくるから」

「え、そ、そんなことまで⁉」

「さっき言ったでしょ？　ハルヒサを無類の『男友達だと思ってたら実は女の子だった』系ヒロイン好きにしてみせるって」

無邪気な笑顔のカナタに、俺は戦慄する。

……こ、こいつ、本当に俺の性癖を歪《ゆが》ませようとしてるのでは……⁉

「ああ、早く描きたいなぁ……！」

とはいえ、こうやって生き生きとしてるカナタの姿を見ていると、多少のことはまあいいかと思えてしまう。

これまでマンガを描くのが好きと言いつつ、好きだからこそ納得のいく作品がなかなか描けずに苦労していたカナタだ。

それが今はこんなにも描くのを楽しそうにしているのだからよかった。友人として正しい判断ができたんだと胸を張れる。

……でもなぁ。

「あ、そうだ！　今のうちにもっと訊いておかなきゃね！　ハルヒサはどういうエロ展開が好みかな⁉　どんなエロシーンが見たい⁉」

「……なんで俺に訊く？」

「だ、だってこれってハルヒサ専用のエロマンガを描くみたいなものだし？」

「それ自体はすごく魅力的な響きなんだけどな⁉」

「これはハルヒサがこのエロマンガの主人公と考えても差し支えないというか？」

「いやそこは差し支えろよ！　ってか新作なら主人公替えるべきだよなぁ⁉」

「替えないよ？　ヒロインも固定」

……真顔で返された。

確かに友人に協力するのはいい。

自分好みのエロマンガを描いてくれるってのもすごくラッキーな話だ。

ただ――

「せめて主人公のモデルを俺にするのだけはやめてくれませんかねぇ⁉」

それはほとんど心の叫びだったが、

「え、嫌だけど？」

やっぱりカナタから無慈悲に断られるのだった。

……なんでだよ！

☆

「～～♪　～～～♪」

「「「…………」」」

ある日の生徒会室。

すごく機嫌が良さそうに鼻歌まで歌って仕事をしている香菜《かな》を見て、他のメンバー達は不思議そうな表情で顔を見合わせていた。

「あの、早瀬《はやせ》さん……？」

「んー、何かなー？」

「何かいいことでもあったのかしら？　さっきからずっと浮かれて――いえ、上機嫌みたいだけれど」

代表して質問した会長に、香菜はよくぞ訊いてくれたといった感じで頷《うなず》く。

「うん、まあねー。この前の恋愛相談の件でちょっと」

「え、どうなったんですの？」

「その様子だと、上手くいったみたいですが」

「いやー、上手くいったっていうか、想像以上に？　かな」

その答えに、メンバー達は「おおっ⁉」とどよめく。

「想像以上の結果って、まさか即お付き合いに発展したとかなの⁉」

「ああ、そういうわけじゃないんだ。でも、それに至る完璧な道筋が見えたっていうのかな？　これも生徒会のアドバイスのおかげだよ」

「では、アドバイス通りマンガでのアプローチをしたんですのね？」

「それで相談者さんのお気持ちに気付いてもらえたということですか？」

「いや、さすがに一回では無理だったよ。でも、可能性は感じた。マンガを通じて少しずつ彼の気持ちを変えていけるって手応えがあった。……そう、まるで彼を自分色に染め上げていくようななんともいえない感触が……！」

「じ、自分色に……！」

「染め上げる……！」

香菜のそのセリフに、会長と杏梨《あんり》がゴクリと喉を鳴らす。

「そ、それは今までにない発想だわ！」

「しかも魅力的な響きですわ！」

「でしょ⁉　僕もそう思ったんだよね！　最初は彼に振り向いてもらうためのアピールのつもりだったんだけど、気付いてもらえるのを待つより自分から好みを変えてしまえばいいんじゃないかって気付いたんだ！」

「確かにそれができるならすごいことです」

今までになく大盛り上がりの生徒会。

香菜は全員からの羨望《せんぼう》の視線に、とっても気持ちよさそうだ。

「……く、羨ましいわ」

「まったくですわ。そんな方法があったなんて……」

「私も——いえ、私の相談者にもマンガを描くことを勧めようかしら」

「でも、そんな簡単にできることじゃないですわ」

「まあ確かに、誰にでもできることじゃないからね。それにまだちゃんと成功したわけでもないから」

「でも手応えは十分だったんですよね？」

「うん。もしかしたら近いうちにお付き合いすることになったって報告できるかも！」

「ええ、楽しみにしているわ。もし成功したら、生徒会のアドバイスにも新たな方向性が加わるわけだし」

会長の言葉に「任せといてよ」と自信満々に答える香菜。

それを見て生徒会メンバー達は、今回もまた悩める生徒に的確な答えを返せたことに満足しながら頷き合うのだった。

「そういえば、その相談者さんの描いたマンガってどんな内容だったんですか?」

「え?」

「そうね、興味あるわ。後学のために私達も読めないかしら?」

「え? え?」

「香菜さん、その相談者の方にお願いできないでしょうか?」

「え? え? え?」

「……早瀬先輩? どうしたんですか?」

「い、いやその、皆に見せるのはさすがにちょっと……! 恥ずかしいってレベルじゃないというか……!」

「恋愛相談の資料として目を通すだけよ。もちろん外部に洩《も》らしたりしないから安心していいわよ」

「だ、ダメだよ! そんなことしたら、今度は僕が風紀委員に捕まっちゃう!」

「「……え?」」

議題④　家族としておよび異性として義兄と仲を深めるにはどうすればいいですか？

ある日の生徒会室。

いつものように生徒会メンバー達が黙々と執務をしている――かと思いきや、何やら和《わ》気《き》藹々《あいあい》とした雰囲気でおしゃべりに花を咲かせていた。

もちろん仕事は全て片づけた後のようだが、何の話をしているかというと、

「私の相談者の話なんだけれど、あれからもアピールを続けているの。やっぱりアピールは継続が大事だって手応えを感じているわ」

「私の方も同じですわ。だんだんとスキンシップも自然になってきましたの。これはそろそろ次の段階に移るときかもしれませんわ」

「僕の方も、あれからずっとマンガを描き続けているよ。彼とのいろんなシチュエーションを考えると、ペンを動かす手が止まらないんだよね」

ご覧の通り、恋愛相談の件についてのようだった。

会長も杏梨も香菜も、皆上機嫌でその後の経過を語っている。

お互いの話を聞いては応援し合ったりアドバイスを交わしたりと、まるで一緒に困難を乗り越えた戦友のような様子で盛り上がっているのだった。

「…………」

一方で一人蚊帳《かや》の外状態の渚《なぎさ》は、そんな三人を遠巻きに眺めていた。

いつも通りクールな様子で特に興味もない――……という感じでは、どうやらない。

表情こそ普段とそれほど変わらないが、その視線は三人にジッと向けられていて強い興味の光が宿っているように見えた。そして、何かを言いたげにも。

「皆それぞれ恋の成就《じょうじゅ》に向かってがんばっているようね。これも生徒会のアドバイスのおかげといっていいかしら」

そんな中、会長が得意気にそんなことを言い、杏梨と香菜がうんうんと頷く。

それまで黙って耳を傾けていただけの渚だったが、その一言に反応するように唐突に口を開いた。

「……あの、少しよろしいでしょうか」

「あら、どうしたの南条《なんじょう》さん？」

「いえ、少しお訊《き》きしたいことが」

渚にしては歯切れの悪い言い方に、皆はキョトンとした視線を向ける。

「その……、皆さんの相談者さんは生徒会のアドバイスを受けて満足していらっしゃるんですよね？」

「ええ、そうですわ」

「恋愛相談してよかったと思ってるよ。でも、なんで？」

「実は、私も生徒会で相談したいことがあるのです。……その、恋愛関連で」

「「「え？」」」

突然の意外な発言に、三人は目を見開く。

まさか渚の口から、恋愛相談などという言葉が出てくるとは思っていなかったからだ。

「南条さんも恋愛についての相談があるのかしら？」

「それはもしかして、南条さん自身のことですの？」

「…………いえ、違います。友達のお話です」

「まあそうだよね。一瞬ビックリしちゃったよ」

否定した渚に、三人はなぜかホッとした反応を見せる。

あの生真面目《きまじめ》で規範意識の塊のような渚と、恋の悩みという内容があまりにも合っていなかったからだ。

「…………」

一方で渚は表情こそ変えないものの、そんな先輩方の反応に少しだけ不満そうに見えたのは気のせいだろうか。

「それで、南条さんのお友達の恋愛相談とはどういうものなのかしら？」

「……はい。内容としては気になる異性がいるというオーソドックスなものなのですが、その相手というのが少し特殊なのです」

「特殊ってどういうこと？」

「家族なのです」

「「「家族？」」」

不意に出てきたその単語に、三人は怪訝《けげん》な顔をする。

「はい。その相手というのは相談者のお兄さんなのです」

「きょ、兄妹《きょうだい》の話だったんですの⁉」

「き、禁断の関係ってやつかい⁉」

「違います。実の兄ではありません。血のつながっていない、いわゆる義理の兄です」

色めき立つ杏梨と香菜だったが渚は、慌てることなく冷静にそう返した。

「……ふう、私も実の兄妹の話かと一瞬驚いたけれど、まあ普通にそうでしょうね。なんならやっぱり南条さん自身の話かもと頭によぎったりもしたけれど」

「わ、私も同じように考えてしまいましたわ」

「ぼ、僕も。でもまあ義理って聞いてホッとしたよ。渚ちゃんのところは違うもんね？」

「……え？」

「しかし南条さんもそんな相談を受けて困ったんじゃないかしら？　実のお兄さんがいる身で、義理の兄の件で相談を受けるなんてね」

「まったくですわ。南条さんも面食らったでしょうね」

どこか安堵《あんど》したような様子で笑い合う会長と杏梨と香菜《かな》。

「……そうですね」

一方で渚は、そんな三人の姿を眺めながらなぜか視線を外して頷《うなず》いた。

その頬には冷や汗が一筋流れ、なんだかすごく気まずそうだったが……。

「それで、その相談者は何について悩んでいるのかしら？　相手が義理のお兄さんなのが問題だということ？」

「それ自体は直接的な障壁にはならないと考えています。お互い再婚した両親の連れ子同士ですから、倫理的な問題などはありません。……ですが、現状ではそれが問題になっている側面はあります」

「？　どういうことですの？」

「端的に言いますと、家族となってまだ半年程度しか経《た》ってないこともあり、関係がぎこちない状態なのです」

「ああなるほどね。男女の仲になる以前に、まず家族として打ち解けきれてないことが問題ってわけか」

香菜の理解に、渚は「その通りです」と頷いた。

「そんな状態なのに、その相談者はお兄さんのことを好きになってしまったのね。どういうキッカケがあったのかしら？」

「キッカケと言えるものは特にありませんでした。出会った瞬間から惹《ひ》かれてしまったのです。いわゆる一目惚《ひとめぼ》れというやつでしょうか。もっとも、それが恋心と気付いたのは最近なのですが」

恋とは不思議なものですね……、とまるで自分の事のような実感を込めて語る渚。

そういったやや情緒的な姿は、いつもクールな渚にしては珍しい姿だった。

「なるほど、大体の状況はわかったわ。相談者は義理のお兄さんとして出会った人を好きになってしまったけれど、どうしたらいいかわからないということかしら？　もちろん最終目標は、恋人同士になることよね？」

「はい、是非そうなりたいと思っています。ですが、具体的にどうすればいいのかわからないのが現状です。なにせ相談者にとって、これが初恋ですから」

「「「わかる……」」」

その悩みに、うんうんと深く頷く一同。

ただし、悩みに寄り添うという姿勢以上に実感がこもっているようだったが……。

「でも南条さん、聞く限りではそんなに深刻な状況ではないようにも思えるわよ。関係がギクシャクしてるといっても、別に仲が悪いわけではないのでしょう？」

「ええ、そんなことはありません」

「だったら優里奈《ゆりな》さんの言う通りですわ。ゆっくり関係を深めていけばいいのですから、焦《あせ》ることなどありませんわ」

「そうそう、何か障害になるようなことがあるってわけじゃないしね」

楽観的なムードの三人。

だが渚はふるふると首を振りハッキリ言い切った。

「いえ、私——の相談者の性格を考えると、そう簡単ではありません」

「性格に何か問題があるのかしら？　アドバイスをするにあたって、相談者のことについて詳しく教えてもらいたいわ。できれば相手のこともね。もちろん、プライバシーに配慮した上でいいから」

「はい。相談者は私と同い年の女子です。相手はさっきも言った通り義理の兄で一つ年上になります。相談者の人物像は……、一言で言うなら融通の利《き》かない性格の持ち主です。自覚はあるのですが自分ではどうすることもできません。というのも『正しい』ということに強いこだわりがあるからです」

「正しい？」

「はい。正しいやり方、正しい考え——そういったものを最も重視します。だから義兄《あに》との仲を深める正しいやり方がわからないために、悩んでいるのです」

「……なんだか、南条さんと似たイメージの方ですわね」

「やっぱり似た者同士が友達になるってことなのかな」

「…………そうですね」

再びスッと視線を逸《そ》らす渚。

「なるほど、人物像はわかったわ。恋という正解のない道を歩むには、確かに厄介な性格の持ち主かもしれないわね……」

ふ……っ、となんだか謎に玄人《くろうと》っぽい発言の会長。

「でも、それを聞いて方向性は見えたわ」

「本当ですか会長？」

「ええ、二人の間に障壁はなく、ただ相談者の性格だけが問題。となるとその性格をなんとかすればいい――と思うけれど、そう簡単にはいかないわ。それに、別に性格を矯正する必要もないしね」

「では優里奈さん、どうするんですの？」

「正攻法しかないわね。私達の相談者のように、何か劇的な作戦で一気に攻めるというものではないわ。家族という関係を活《い》かして少しずつ着実に仲を深めていけばいいのよ」

「でも、それができないからどうすればって悩みなんじゃないの？」

「そう。だからそもそも、その悩み自体がおかしいのよ」

会長のその言葉に「え？」と虚を衝かれる一同。

「どうも聞いている限りだと、その相談者は早く想《おも》いを実らせたいと前のめりになりすぎているように思えるのよね」

「そりゃ当然じゃない？　なにせ好きな人と一緒に暮らしてるなんてシチュエーションなんだし。それに一目惚れで初恋だし」

「もちろん気持ちはわかるわ。でもやっぱりその考えは一足飛びで性急すぎる。その前にやるべきことがあるはずよ」

「やるべきこと……、ですか？」

首を傾《かし》げる渚《なぎさ》に、会長は続ける。

「ええ、その相談者は男女の仲を深める前に、まず家族としての仲を深めるべきね」

「……え？」

「さっき南条《なんじょう》さんは言ったでしょう？　まだ家族になって日が浅いからギクシャクしてるって。そんな関係性なのに、一気に恋人同士になんてなれるはずがないのだから」

「あ……」

会長のその指摘に、渚は目を見開く。

「確かにそうですわ。性急すぎるとはそういう意味でしたのね」

「なるほどね。家族として打ち解けてもないのに、ましてや恋人なんて無茶か。言われてみればその通りだね」

杏梨《あんり》と香菜も、いかにも納得したというように同意した。

「まずは、家族として……、ですか」

「そう。そうしてまず仲の良い兄妹になったら、そこから恋人になるのはそれほどハードルは高くないはずよ。何せもう、前提となる関係性は構築できているのだから」

会長の結論に「おおっ」と場が沸く。

確かにそれは間違いのない正論のように思えたからだ。が……、

「……それは、どうすればいいのでしょうか？　まず家族として仲を深めるというのはわかりました。ですが、その方法もやはりわかりません」

当の渚は珍しく気落ちした様子でそう返した。

「方法って、そんなの普通に接してれば……」

「待って早瀬《はやせ》さん。その普通が、もしかしたら相談者にはできないのかもしれないわ」

「どういうことですの？」

「よくよく考えてみれば、家族になって半年近く経ってるのにまだぎこちない関係というのはちょっとおかしいと思わないかしら？」

「言われてみれば……」

「南条さん、その相談者はどんな感じでお義兄《にい》さんと接しているのかしら？　普段はどんな会話をしているの？」

「それは……、あまりプライベートな話などはしません。家事のこととか、そういった必要最低限のことだけを話すくらいで」

「雑談とかはしないのかい？」

「……どんな話をすれば正しいのか、わからないので」

渚のその一言に、どこからともなくため息が漏れる。

「……なんとなく、相談者の問題点が浮き彫りになってきたわね」

「どういうことでしょうか？」

「どうやらその相談者はものすごく真面目な子みたいね。本当に、融通が利かないくらいに真面目すぎるのよ。もっと肩の力を抜いていいのに」

「……だね。そういう性格なんだろうね。でもどうする？　やっぱりこれって、本人の性格から直さないとどうしようもなくない？」

「いえ、その前にまずは本音をぶつけ合うべきよ。家族なんだから」

「本音、ですか……？」

会長の一言に、渚が不思議そうに顔を上げる。

「思ってることをそのまま話すの。もちろん、お互いにね。何を考えてるのかとか、そういったことを正直に話し合うのよ。そこに正しいやり方なんてないわ」

「しかし、そんなことをすれば逆に軋轢《あつれき》が生まれるかもしれません」

「それならそれでいいのよ」

「え？」

「本音をぶつけ合うっていうのはそういうことだし、家族っていうのはそういうものなんだから。軋轢が生まれるなら、それを一緒に乗り越えればいいのよ。家族の仲っていうのはそうやって深まっていくんだから」

「そう、なのですか……？　しかし本音を話すと言っても何を話せばいいのか……」

「何かあるでしょう？　相手に言いたいこととか、逆に相手に話してもらいたいこととか何かが。不平不満の一つもないなんてあり得ないもの」

「不平不満などぶつけていいのですか？」

「あるならむしろぶつけるべきよ。何か一つくらいはあるでしょう？」

「相談者には不平不満なんてありません。義兄はとても素敵な人なので。……でも義兄の方にはあるのではないかと思ったことはあります」

「というと？」

「義兄との関係がいつまで経ってもぎこちないのは、もしかしたら自分の方に問題があるのではないかという考えが相談者にはあります。相談者に問題があるから、義兄も距離を縮めてくれないのではないかと」

「あー、それはあるかもね。その相談者ってかなりお堅い子みたいな感じだし」

「お義兄さんの方も、いろいろ遠慮していることなどあるかもしれませんわね」

二人の言葉に、渚はなにやら深く考え込んでいる様子。

「いいじゃない南条さん。その方向性でいいと思うわ。一度思い切って訊《き》いてみてはどうかしら？　そういった本音のぶつけ合いで仲は進展するのだから。それに、相談者にはその心当たりもあるみたいだし」

「……はい。あります。心当たりが……」

「だったらそれを改善する過程で、間違いなく仲は深まっていくわよ」

頷《うなず》く渚に、会長は肩の荷が下りたとばかりに笑顔を見せる。

「心当たり……。やはり相談者が真面目過ぎて、お義兄さんは気後れしているのではないかと推測しますわ」

「だよねー、僕もそんな感じだと思うな。きっと、家族なんだからもっとフランクに接しようみたいな話になるんじゃない？」

話がまとまって、杏梨と香菜《かな》も軽い口調でそんなことを言い合う。

だが当の渚の耳にはそんな話は届いておらず、なにやらすごく真剣な顔で自分の思考に集中しているようだった。

「どう、南条さん？　生徒会としてアドバイスするならこんな感じだけれど、役に立ったかしら？」

「……はい会長。とても重要な示唆が得られました。アドバイスを基に、実際に行動してみようと思います」

よかったよかったと場の空気が弛緩《しかん》する一方、渚の雰囲気はなぜか真逆だった。

とはいえ今回の悩みはそれほど複雑なものではないし、アドバイス通りにすればきっと杏梨や香菜が言った通り、妹が義兄に言われてその真面目過ぎる性格をちょっと改めてめでたしめでたしとなるはず——…………なのだが。

……実は、生徒会メンバー達は誰も気が付いていなかった。

渚が、それとは全く正反対の解釈をしているということに——

「……そう、私はまだ足りないに違いありません……！」

▽

「ただいまー……っと、今日は渚の方が先か」

家に帰った俺は、玄関に綺麗《きれい》にそろえられた靴を見てそう呟《つぶや》いた。

リビングへと向かうと、キッチンで夕食の用意をしている義妹《いもうと》の後ろ姿が見える。

「おかえりなさい」

俺に気付いた渚がそう言って振り向いた。

いつも通りの無表情でクールな雰囲気にまだちょっと気後れするが、それも大分慣れてきた。俺もただいまと返すと、渚はまた向こうを向いて料理に戻った。

もうわかってると思うが、渚と俺は兄妹《きょうだい》だ。

ただし、血のつながってない、いわゆる義理の兄妹ってやつ。

半年前に父親が再婚したことでできた新しい家族なわけだが、残念なことにまだまだやり取りにぎこちなさが残るってのが現状だった。

同年代の異性、しかもかなりの美少女ということでそれなりの覚悟はしていたものの、半年も経《た》ってるにもかかわらず、未《いま》だにこんな感じなのは我ながら情けない。

何が原因なのか考えてみると——……まあ俺がヘタレだからだろうなぁ……。

渚はとても真面目な少女だ。

心根がすごく真《ま》っ直《す》ぐで、時々まるで『正しさ』の象徴のような印象さえ受ける。

その上あの見た目——滅多に揺れることのない表情と、いつも超然とした態度なものだから、なんだか近くにいると自然と背筋が伸びるような気もする。

だが、かといって渚が氷のような人間かというともちろん違う。

外見こそ圧倒されてしまうようなところはあるけど、中身は普通の少女だということを俺は知っているのだ。

っていうか、すごく人間ができたいい子だったりする。

初対面の時からすごく礼儀正しくて、それは家族になってからも変わらなかった。

よく気が付くし、俺や親父《おやじ》にも気を遣ってくれるし、しかも家事万能で家の中の仕事も進んでやってくれるし、マジで非の打ちどころが一切ない。

渚はそんな理想の妹ともいえる存在なので、関係がギクシャクしたままになってるのは俺に非があると言わざるを得ない。

とはいえ、俺も何度も打ち解けようと努力してきたのだが、

「はい」

「ありがとうございます」

「いえ、大丈夫です」

などなど、

会話も盛り上がらず事務的な感じで終わることばっかりで、なかなか思ったようにはいってないのが現状だった。

とまあ、これも言い訳だ。やっぱ俺が気後れしてるんだろうなぁ……。

なんとかしないとと思ってはいるが、努力するしかない。

……と、いつも通り結論付けたところで、そんな考えに耽《ふけ》ってる場合じゃないな。

「ごめん、風紀委員の仕事で遅くなったんだ。今日も夕飯の準備を一人でやらせて悪かったな。すぐに手伝うよ」

俺はリビングのソファに鞄《かばん》を置きキッチンに向かおうとする。

「大丈夫です。もうほとんど終わっています。手伝ってもらうようなことはありません」

が、やっぱり無表情ですっぱり断られ、俺は「う……」と言葉に詰まる。

これまで親父と二人暮らしで料理をはじめとした家事は俺の仕事だったのだが、渚《なぎさ》が来てからはその大半を持っていかれた形になってしまっている。

渚もまたお母さん（つまり俺の新しい母親）の代わりにずっと家事をしていただけにそのレベルは高く、俺はここ半年の間かなり楽をして——いや、させられてしまっていた。

もちろん、そんな状況に甘えてばかりもいられないので、

「あ、じゃあ洗濯物の片付けは俺がやるよ」

自分から仕事を見つけては率先してやろうとするのだが、

「もう私がやっておいたので大丈夫です」

「…………」

こんな感じで出鼻をくじかれるばかりで、いよいよ立つ瀬がない。

こういう申し訳なさも、渚との関係がぎこちない原因の一つになっている可能性が非常に高い——……って、じゃあやっぱり俺のせいなんじゃねーか……。

いやいや腐ってる場合か！　せめて何かしないと、妹に家事全部押し付けて自分だけ楽

する兄とか、マジで最低すぎる！

「そ、そうか。じゃあ風呂《ふろ》の掃除でもしとくかな」

「それも後で私が――」

「いやいや、それくらい任せとけって！　じゃあそういうことで！」

俺は渚の言葉を半ば強引に遮って風呂場へと向かう。

放っておくと片っ端から家事をこなしてしまう渚相手には、こうやって無理にでも仕事を奪いに行かないとどうしようもないのだ。

とまあ、そんなこんなで俺はいつもより丁寧に風呂掃除をした後、渚の用意した美味《おい》しい夕食をいただくことに。

両親は共働きなので、二人きりでの夕食がデフォだ。

ちなみに想像できると思うが食事中の会話もほとんどなく、俺ががんばって話題を振っても膨らむことなく二言三言で終わってしまう。

それでも一人で食ってた昔のことを思うといろんな意味で癒《いや》されるのは間違いなく、これでやっぱりもう少し打ち解けられれば……、と思わずにはいられない。

……うん、がんばろう。どうやればいいかわからないけど。

「……あの、少しよろしいでしょうか」

と、そんなことを考えていた時だった。

夕食を食べ終え、今日はどうやって渚から後片付けの仕事を任せてもらおうかと思案していると、不意に渚の方から声をかけてきたのだ。

「あ、ああ、どうかしたのか？」

こんなことは珍しく、俺はちょっと驚いて返す。

すると渚はこれまた珍しく、少し言葉を選びながらこう切り出したのだ。

「お話ししたいことがあります」

それを聞いて、俺はギクッと身体《からだ》を強張《こわば》らせる。

……な、なんなんだ改まった感じで。もしかして、俺に何かダメ出しが……？

「話したいことって？」

「今日は家族として思うところをお話ししたいと思っています」

お、重い！　なんか想像以上に重そうなんだが⁉

「か、家族としてとは、ど、どういった用件でありましょうか……？」

「どうしたんですか？　顔が引きつってるようですが」

そりゃ顔も引きつるわ！　普段あんまりコミュニケーションがとれてない妹からいきなり家族の話とか切り出されたらビビるって！

内心そうツッコみながら、俺は背筋をピンと伸ばす。

一体どんなことを言われるんだ……！　と戦々恐々としていたが、続いて渚の口から出てきたのは意外な言葉だった。

「……私は、もっと打ち解けたいと思っています」

「へ？」

「私達が家族になってから約半年が経ちましたが、現状では兄妹らしい関係になっているとは言えません。どこかぎこちなさが残っています」

「は、はぁ……」

「なので、私はそれを改善したいと思っています。いかがでしょうか？」

……いや、いかがでしょうかと言われても……。

いきなり真顔かつストレートにそう言われ、俺は呆気《あっけ》にとられるしかなかった。

まさか、渚の方からそんな話を持ち掛けてくるなんて思ってもいなかったので、脳の処理が追い付いてなかったのだ。

だが、次第に理解し始めると、俺はうれしいやら情けないやら複雑な気分になった。

うれしかったのは、渚も俺と同じことを思っていてくれたこと。

そして情けなかったのは、それを渚の口から言わせてしまったことだ。

……本当ならこういうことは、兄である俺の方から切り出すべき話なのに。

いや、今はそんな後悔をしてる場合じゃない！

「お、俺も同じことを思っていたんだ。もっと渚と仲良くできれば——い、いや、変な意味じゃなくてな？　兄妹としてもっと打ち解けられればってさ」

俺は内心の動揺を抑えながらも、ハッキリそう返した。

すると渚は少し驚いたように目を見開いた後、

「それはよかったです」

と、かすかに微笑《ほほえ》んだ。

渚の笑顔を見たのはそれが初めてで、俺はなんだかメチャクチャうれしくて一気にテンションが上がってしまった。

「なんだよ、それならそうともっと早く言ってくれればよかったのに……！　いや、違うな。俺からアクションを起こすべきだったよな。ごめん」

「？　何を謝っているのかよくわかりませんが、同意見だったようでよかったです。それでは話の方向性を双方理解したところで、今後についての話を進めさせていただきます」

「今後についてって？」

「これから、どうやって私達の仲を進展させていくか、その方法についてです」

「え？」

言ってることについては理解できたが、その口調があまりにも事務的というか、まるで科学実験の手順を説明してるようだったのでちょっと戸惑ってしまう俺。

……いやまあ、生真面目《きまじめ》な性格の渚らしいといえばらしいんだが。

「打ち解けるにあたっての具体的方法について認識を共有したいと思います」

「そ、そんな改まった感じにしなくても、これからは普通にこうやって話をしたりするだけで自然に打ち解けていくと思うけど……」

「実は、これまでなぜ私達の関係がぎこちないままだったのか、その原因について考えてみたのです。その結果、とある答えを導き出せました」

「へ、答え？」

「はい。そしてその答えから、これから私達がとるべき行動についても導き出せました。というわけで――……どうぞ、今から私を思いっきり叱りつけてください」

「………………は？」

突然のその言葉に、俺の頭は文字通り真っ白になった。

想定外のそのまた斜め上を大きく飛び越す発言。

……いや、いやいやいや、……え？

普通に意味がわからない。理解困難ってレベルですらない。

渚を叱りつける？　どんな流れでそんな話になるんだ……？

「い、いや、あの……？」

「どうかしましたか？」

頭の中がグチャグチャな俺に対し、当の渚は平然と首を傾《かし》げている。

「き、聞き間違いかな？　叱ってくれとかなんとか聞こえた気がしたけど」

「聞き間違いではありません。是非、私を叱ってください」

「な、なんでそんな話に⁉　どういうことなんだ⁉」

慌てる俺の詰問《きつもん》に、渚はやはりどこまでも冷静におかしなことを言う。

「先ほど私は、私達の関係が進展しなかった原因を考えてみたと言いました。その結果がこの結論なのです」

「やっぱり何から何まで意味がわからないんですが……⁉　どういう原因からそんなわけのわからない結論に至ったんだよ……！」

「私達の関係が進展しない原因——それは、私の『正しさ』が足りないからです」

ハッキリとそう言い放つ渚に、俺は「……？」と本気で言葉を失った。

が、渚はそんなことを気にする風もなく、つらつらと続ける。

「私はこれまでの関係を思い直し考えてみたのです。私達の関係がぎこちないのは、私自身に至らぬ点があるのではないかと。するとハッと気が付いたのです。私の立ち居振る舞いが『正しく』ないから、不満を抱かれていたに違いないと」

「……え？　ええ？」

「そういえば、どこか遠慮がちに接していただいていたような気もしました。今思えば私への不満を感じつつも、それを口にすることをためらっていたのでしょう。私はそんな優しさに甘えていたのですね。申し訳ありませんでした」

「えええええ!?」

「これからは反省し満足いただけるよう、さらに『正しく』あろうと思いました。しかし具体的にどこまでの『正しさ』を求められているかはわかりません。なのでこれまでの不満を私にぶつけてください。どうか私を叱りつけてください。そうすることで、何を求められているか肌で感じたいと思います。さあ」

「いやいやいやいやいやいや!!」

ズイッと迫る渚に、俺はちぎれそうになるくらいの勢いで首を振りまくる。

……なんだこれは!?　何を求められてるんだ俺は!?　全然意味がわからない！

「ま、待て！　待ってくれ！　何を言ってるんだお前は！」

「私の説明が拙かったでしょうか？　つまり、私の『正しさ』が足りないので——」

「いや、そうじゃなくて！　話の流れは理解したけど——いや、中身は全然理解できなかったけどさ！　そうじゃなくて、その『正しさ』が足りないって話が全然意味がわからないんだって！　俺は一度もそんなの思ったことないぞ⁉」

「……やっぱり優しいのですね。私を傷つけまいとそんな」

「人の話を聞いてくださいますかね⁉」

どこかうっとりした表情の渚《なぎさ》に、俺は全力でツッコむ。

「だから、マジでそんなこと思ったことないんだって！　むしろ真面目すぎて気後れするくらいだったんだってば！　もうちょっとフランクに接してくれればなーなんて思って、真逆だよ真逆！」

「お心遣いはありがたいのですが、もうそのような遠慮は大丈夫ですので」

「遠慮じゃないんですが⁉」

「今までもこのようなお気遣いをしていただいて——いえ、させていたのですね。本当に自分の至らなさを痛感します」

……は、話が通じない。

俺は今まで見たことがない渚の一面に戦慄していた。

これまでもあまりに真面目過ぎて融通が利《き》かないところがありそうだなー、なんてちょっと思ったりもしたけど、まさかここまで思い込みの激しい性格だったなんて……。

「……な、なあ、とりあえず俺の話を聞いてほしいんだが、俺はお前に不満とかそういうのを感じたことが一度もないからな？　ましてやその『正しさ』？　っていうか真面目さが足りないなんて一ミリも感じたことないから。むしろ逆で、これまで関係がギクシャクしてたのは俺がヘタレだっただけで、渚に非は全然ないんだからな？」

「……そうだったのですか」

「そ、そうそう！」

「そこまで気を遣っていただくほど、私は不出来な妹と見られていたのですね……」

「何でそうなるの!?!?」

肩を落とす渚に、俺は本気で悶絶《もんぜつ》しそうになる。

ここまで会話がかみ合わない経験は初めてだ。ってか何の話をしてるんだ俺達は!?

「ですが、それもこれから改善していきます。直接不満をぶつけていただければ、いくら鈍い私でも察することができますから。必ず反省し前に進んでいきますので、どうか私を叱ってください」

お願いします、と深々と頭を下げる渚。

俺はその姿を見て、なんというかもういろいろ諦めるしかなかった。

……こ、これは、話してわかる感じじゃない。渚ってこんな性格だったのか……。

なんとかしないといけないと思った。強く思った。

兄としての責務ってやつを感じたのはこれが初めてだった。

「で、でも、叱るって言われてもどうやって……」

とりあえず、もうこうなったら渚が満足するまで付き合うしかないと思った。

正直何から何まで意味不明だったが、初めての妹からの『お願い』だ。

兄として、それをはね除《の》けることだけは絶対にできないと、それだけは強く感じた。

「ですから、私への不満を率直にぶつけていただければいいのです」

そんなものはマジでないんだが、でもそれを口にしてもまた遠慮するなとかなんとかで堂々巡りになるのは目に見えている。

……とはいえ、やっぱり渚に不満なんて何もないぞ……。

「どんな小さなことでもかまいません。どうぞ遠慮なくご指摘ください」

「え、えっとえっと……。じゃあ、その、家事をがんばってもらえるのはありがたいんだけど、一人で抱え込むのはどうかと……」

「抱え込む……、なるほど。つまり私が仕事に追われているように見えていると。だからもっと手際《てぎわ》よく家事をこなせということですね」

「いや逆なんですけど⁉」

「わかりました。ではそのことで私を叱ってください」

「え？」

「今のは問題点を指摘されただけです。私は不真面目なので、強く言われないとわかりません。なので、叱りつけながら言ってほしいのです」

……いやもう、どこからツッコんでいいのか。ツッコミどころしかない……。

けれどそれを口にしても無駄だってのはもうわかった。

それになんか期待のこもった目で見つめられてて、その期待に応えないといけないようなプレッシャーまで感じるし……。

……ああもう！　どうにでもなれ！

「あ、あ～……。こ、こら、もうちょっと手際よく家事をしないとダメだぞ～……」

「ふざけてもらっては困りますね」

「俺が叱られた⁉」

ない熱をなんとか込めながら無理矢理演技した俺だったが、瞬間渚に一蹴された。

「もっと真剣に、言葉も態度も強くなければ叱っていることにならないじゃないですか。

そんなことでは私の反省など促せません」

「す、すみません……」

ジト目で指摘され、俺は頭を下げるしかなかった。

……いや、なんでこっちがダメ出しされてるんですかね？　いろいろおかしいところしかなくて感覚がマヒしてきた……。

「さあ、もう一度お願いします。もっと強い態度で」

「やっぱ無理だって！　どうすればいいかもわからないし……！」

「……根が優しすぎますね。しかし、安心してください。こういうこともあろうかと台本は用意してありますから」

「こういうこともあろうかと⁉」

なんだよ台本って⁉　どんな想定したらそんな用意が⁉

「さあ、そこに書いてある通りに叱ってください」

心の中でツッコむ俺に、どこからともなく取り出した台本（……本当にある）を手渡してくる渚。

開いてみると、そこにはこういう状況ではこういう風に怒られたいといった感じのことがびっしり書き込まれていて震えた。……な、なんでこんなものが？

伊達《だて》や酔狂じゃこんなの作れない。それに渚の目はどこまでも真剣だった。

こんなに真剣に妹からお願いされてるのに、兄として引き下がるわけには……！

俺は浮かび上がる疑問に無理矢理蓋をして、半ば自分に言い聞かせるようにそう考えながら、今の状況に合ったセリフをいくつか台本から探し出して読み上げる。

「も、もっとちゃんと家事をやってくれないと困るじゃないか」

「まだ言い淀《よど》んでいます。それに勢いも足りません」

「ちゃんと家事をしてくれないと困る！」

「少し改善されました。さらに言葉を強くしてみましょう」

「家事の手際が悪い！　もっとちゃんとできるはずだろ！」

「いいですね。問題点の指摘の他に、こうしろと命令形も加えてみてください」

「家事はお前の仕事なんだから、しっかりこなせよ！」

「よくなっています。その調子で何度か繰り返してください」

……これはレッスンか何かだろうか？　何をやらされてるんだ俺は……。

渚に指導されながら、その渚を何度も叱りつける俺。

うん、もう文章からして意味不明だが、やってるこっちもヤケクソだった。

繰り返していると、なんだか本当に腹が立ってきた気がする。

誰かにじゃなく、こんなわけのわからん状況に放り込まれてる自分にだけど。

「ったく、どうしてお前はそんな簡単なことさえできないんだよ！　いい加減にしろ！」

「……！　い、今のはよかったです。少しドキッとしてしまいました」

「そ、そっすか……」

「その調子で私を叱り続けてください。さらにこちらの人格を貶《おとし》めるようなセリフも使用してくだされればもっとよくなると思います」

「…………そっすか」

なぜか目を輝かせてそう提案してくる渚。

……ああもう！　これも渚のためだちくしょう！

「お前はなんでそんなに無能なんだ！　言われたこともロクにできないのか！　そんなことで妹が務まると思ってんのか！」

「…………！」

俺はいよいよヤケになって渚を叱る。

台本通りとはいえ自分で言ってて意味がわからないし、叱責というよりもはや罵倒だったが、そんなこと気にしてる余裕もなかった。

俺は自分を押し殺しながら、これも渚のためと言い聞かせて何度も何度も罵り続ける。

その間、当の渚はというと、なぜか頬を赤らめてぼんやりとしながら俺の方を見つめ続けていた。

「ああ、ごめんなさい……！　どうか許してください……！」

「はぁはぁ……。わ、わかったならそれでいいんだ……」

「どうしてそこでやめるのですか。もっと畳みかけてくれないと困ります」

「いや、いきなり素に戻るなよ⁉」

感情の起伏がジェットコースターすぎて、こっちの頭がバグりそうなんだが⁉

「さっきのは素晴らしかったですから、その調子でもっとお願いします」

「え、ま、まだ続けるのか……？」

「はい。不真面目な私はもっと罵倒されてしかるべきですから」

……自分で罵倒って言っちゃってるんですが。

ってか怒られてる方が平然としてて、怒ってる方が息も絶え絶えっておかしくね⁉

演技とはいえ、怒るってすごく体力と精神力を使う。

特に心の方がゴリゴリとすり減っていくのが肌で感じられた。

こんなん心が病むわ……。クレーマーとか俺には絶対無理だよ……。

「さあ早く、もっともっとお願いします」

だけど、渚《なぎさ》にお願いされた以上は断れなかった。

なにせ初めての妹からのお願いなんだ。……初めてがこれってどういうことだよ！

「だあもう‼　お前はそうやっていつもいつも……！」

仕方なく、俺は叱責？　罵倒？　を再開することに。

自分でももはや何を言ってるのかわからないまま怒鳴り続ける俺。

そしてそんな俺に頭を下げながらも、どこかうっとりとした表情で言葉の暴力を受け続ける渚。

……いや、こんな状況でうっとりとかあり得ないだろ。あまりに過酷な状況に、どうやら俺は認識能力もバグってしまったらしいな……。

と、そんな感じになりつつも結局俺はその後十分近くもがんばり続ける。

「はぁ、はぁ……！」

が、ついに疲労困憊《ひろうこんぱい》で限界を迎え、テーブルに倒れ伏しかける俺。

「ごめんなさい……！　不出来な妹でごめんなさい……！　はぁはぁ……！」

一方で渚は、その間ずっとこの調子で謝り続けていた。

渚もまた息を切らしていたが、なんか疲れてるって感じじゃないのは気のせいか……？

「わ、悪い……。さ、さすがにもう、限界だ……、はぁはぁ……」

それはともかく、俺はギブアップを宣言する。

それでもまだ続けろって言われればどうしようとヒヤヒヤしながら。

「はぁはぁ……！　あ、そうですか？　それなら仕方ありません。少し残念ですが、ありがとうございました」

しかし幸いなことに、かろうじてではあるが許してもらえたようだ。

……よかった、本当によかった……。

「本当はまだまだ叱っていただきたかったのですが」

「か、勘弁してください……」

「それでも十分堪能《たんのう》できました。ご苦労様でした。……はぁ」

頰に手を当て熱い吐息を漏らしながら言う渚。

どう考えても罵倒に近い叱責を受け続けた側の反応じゃないんですが……。

「はぁはぁ……、ま、まあ、満足したならそれでよかった――」

「いえ、満足はしていません」

「はぁはぁ――はぁ……？」

「私の不真面目さはこれくらいでは矯正できないと自覚しました。今後も継続して叱っていただかなければいけません」

「とはいえ今日のところはお叱りは十分ですので、次に移りたいと思います」

「ま、マジで……⁉」

「次に移りたいと思います⁉」

「はい。叱られたなら次にすべきことがあります。そう、謝罪です。というわけで、これから謝罪の練習をしたいと思います」

「いやいやいやいや！」

なんだよ謝罪の練習って！　聞いたことないよそんなの！

真面目な顔でさも当然のように言い放つ渚に、俺はまるで異次元にでも迷い込んだような感覚に陥る。

「大丈夫です。今度は私が主体に動きますので、ただ謝罪を受けてくだされば――」

「ま、待った待った！　と、とりあえず待ってくれ！　さっきまでのことで、俺はいろいろ限界なんだ！　その、体力的にも精神的にも！」

「……そうですか。では少し休憩しましょう。お茶を淹《い》れてきます」

そう言って席を立ちキッチンに向かう渚。

俺の必死の抵抗でなんとか休憩には持ち込めたものの、今度はまた何をさせられるんだと再び息が荒くなりかける。

「そ、それで、謝罪の練習って何をやらかすつもりなんだ……？」

トレイに麦茶入りのコップを載せて戻ってきた渚に、俺はおっかなびっくり訊《たず》ねる。

「そうですね。やはり心からの謝罪を表すなら土下座などもしたいところですが……」

「そんなの絶対させませんよ⁉」

「それよりももっと明確に自分が下の立場だと認識できる方法が――」

「……な、なんだ？　どうしたんだ？」

ガチ意味不明なことを口にしていたかと思ったら、ふと黙り込む渚。

トレイを持ったまま俺の方をジッと眺めていたかと思ったら、不意に「これです」と何かを閃《ひらめ》いたような様子を見せると、次の瞬間、

「うわっ⁉」

いきなりトレイを傾けたので、コップが倒れ俺の手に麦茶がかかってしまった。

あの渚がそんなミスをするはずもなく、っていうか明らかに故意だったので、俺は慌てながら「なんでこんな――」とその謎行動を問いただそうとしたのだが、その直前に固まってしまった。

というのも、

「ん……、はぁ……、ちゅぴ、ちゅぱ……」

いきなり渚が俺の手を摑《つか》んだかと思ったら、そのままなんと麦茶に濡《ぬ》れた俺の指を舌を出して舐《な》め始めたからだ——って、なんだこれは⁉

「⁉⁉⁉⁉」

いきなりのことに、俺の頭の中はパニックになる。
だって無理もない。なにせいきなり妹が、俺の指を舐めてきたのだから！
しかもなぜか自分から、それも妙に熱っぽい表情で！
あああなんなんだこれは⁉　何が起こってるんだ⁉　本気で頭がおかしくなる！

「ちょ、ちょ……っ‼」

俺は言葉を失うくらい慌てながらも、渚から逃れるように急いで手を引っ込める。

「あ、何をするんですか。そんなことしたら舐められません」

すると渚はさも当然とばかりに文句を言ってくるが、言ってる内容は明らかにおかしかった。ってかなんだよ、舐められませんって！

「な、ななな、何してるんだよ！　ゆ、ゆゆゆ指を舐めるとか……！」

「もちろん、これは謝罪のための行為です」

「しゃ、謝罪……？」

「はい。お茶をこぼした挙句人様にかけて濡らしてしまうなんて、そのような粗相をして

しまったからには、舐めてお掃除するしかありません」

「一言一句理解できない‼」

マジで言ってることおかしいよ！　なのに渚は自信満々で、なんかこっちの常識が揺さぶられるんですけど⁉　どういうことだよ！

「もちろん普通の行動ではないことはわかっています。ですが私のような不真面目な妹が起こした粗相は〝これくらいしないと償えないのです」

「いや、そんなことないから！　まったくそんなことないからな⁉」

「そしてせっかく謝罪するからにはできるだけ尊厳を貶められるべきと思い、指舐めという行為に至りました。……正解でしたね」

「なんでちょっとドヤ顔⁉」

「粗相する妹には屈辱という要素が必要なのです」

「それは自分から言うことでは100%ない！」

「粗相したのは事実なのですから、さあ私にもっと謝罪をさせてください」

「ってかさっきこぼしたのも、あれわざとだよな⁉」

「いえ、私が不出来な妹だからです。百歩譲ってわざとだとしても、それもまた私が不出来な妹である証《あかし》ではありませんか」

「……ろ、論理の展開についていけない……！」

「さあ、手を出してください。私に心からの謝罪を。はぁはぁ……！」

そう言って俺の手を取ろうとする渚に、俺は必死に抵抗する。

「い、妹に、ってか他人に指を舐めさせるなんてできるわけないだろ⁉」

「お願いです！　私に謝罪をさせてください！」

だが渚は今まで見せたことがないような必死な様子で縋《すが》りついてくるじゃないか。

そんな感情的な渚の姿は初めて見たし、本当に必死な感じが伝わってきて、俺は思わず「うう……っ！」と逡巡《しゅんじゅん》してしまう。

妹からのお願いとか、今までなかった分なんでも聞いてやりたい。

……でも、でもなんでその内容がよりによって『指舐め謝罪』なんだよ⁉

「どうか、どうかお願いです……！」

俺はすさまじく葛藤するが、渚の懇願についに折れるしかなかった。

なんだか全てを諦める心地で力なく手を差し出す俺。

「ああ、申し訳ありませんでした……！　不出来な妹の粗相をお許しください……！　ちゅぱ、ちゅぱ……。はぁはぁ……」

すると渚は再び謝罪の言葉を述べながら、すぐさま熱心に指舐めを再開し始めた。

体勢的に渚を見下ろす形でその様子を眺める俺。

とにかく無心でいようと努めてはいたが、上目遣いの渚の視線と指から感じる渚の舌の感触に、なんだかものすごくイケナイことをしている気分になってくる。

そう、自分の中のサディスティックな部分を無理矢理刺激されているような——って、ダメだろそれは！　こ、この思考は危険すぎる……！

「はぁ、はぁ……。ごめんなふぁい……、ちゅぱ……」

なんだか惚《ほう》けたような渚の声も聞こえてきて、俺の人間性がどんどん揺るがされる中、それでも必死にこの時間を耐え続ける俺。

そうして数分程経《た》った後、渚はようやく満足したのか俺から離れた。

「……お、終わったか？」

「はい……、とても堪能しました……。はぁ……」

だから堪能っておかしいだろ……！　とツッコむ余裕もなく、俺はやっとあの背徳的な時間が終わったことに心から安堵《あんど》するのだった。

「謝罪とは、こんなにも素敵なものだったのですね……」

「そ、そっすか！　よかったっすね！」

渚の言葉にツッコミを入れる余裕もなく、俺はとにかくこの流れから抜け出したくて必死だった。

　とにかく、満足してくれたなら これで解放され——

「では最後に、もう一つだけお願いしてもよろしいでしょうか」

　——る、という微《かす》かな望みは、しかし秒で粉砕されることになる。

「ま、まだ何かあるのか⁉」

「叱られて、謝罪をしましたが、私のような不真面目で不出来な妹にはそれくらいではまだ足りないような気がするのです」

「それは100％気のせいだと思いますけど⁉」

「なので、最後にダメ押しとしてやらないといけないことがあります。そうそれは……、『折檻《せっかん》』です」

「せ、せっかん……？」

　……な、なんか今までで最大級の嫌な予感が……！

「はい。具体的には——その……、お、お尻ぺんぺんをしていただきたいと……」

「お尻ぺんぺん⁉⁉⁉」

　俺はその単語に、まるで脳味噌《のうみそ》を揺さぶられたかのような衝撃を受ける。

「お、おし、お尻ぺんぺんって……！」

「はい。言葉通り、私のお尻を叩《たた》いていただきたいと思います」

いやいやいや！　なんでそんなこと平然と言えるんだお前は！

ってか人類の歴史上でそんなセリフを吐いた妹が未《いま》だかつていただろうか⁉

いやいない（反語）！　いてほしくない（切なる願い）‼

「そ、そそそそんなことできるわけないだろ⁉」

「なぜでしょうか？　粗相をした妹に折檻するのは当然のことです。そして折檻といえばお尻ぺんぺん。何もおかしいことはありません」

「おかしいことしかない！　そ、そもそもお尻ぺんぺんとか、そんなのは小さい子供にするようなことだろ⁉」

「私は妹です。つまり年下です。親にとって子供はいつまでも子供であるように、兄にとってもまた妹はいつまでも子供なのです。Q.E.D。証明終了」

「なにその謎理論⁉」

「確かに屈辱的なことではあります。しかし、それくらいしないと私の不真面目さは矯正されないのです。是非、お願いします」

「ほ、本気か……？」

俺の問いに、渚《なぎさ》は「もちろん」と何のためらいもなく頷《うなず》いた。

……いつも通りの――いや、いつも以上に真剣な目……！　本気だ……！

今までこんなことがなかったからってのもあるが、妹からこんなに真剣にお願いされた以上は兄として応える以外の選択肢なんて俺には思い浮かばなかった。

それに今日一日で、渚が思い込んだらどこまでも突っ走る性格だということを嫌というほどわからされた。もうこうなっては何を言っても無駄だと悟った。

……真面目もここまでいくと凶器になるんだな。

なんか世界の真理を一つ知ってしまった気分だぜ。……知りたくなかったけど。

そんな感じで覚悟とも諦めともわからない気分に浸っていると、俺はリビングのソファに座るよう指示された。そして俺の膝にうつ伏せになるように身体《からだ》を横たえる渚。

これがお尻ぺんぺんの正式なスタイルです、とドヤ顔で解説していたが、なんで叩かれる方がそんなにノリノリなんだ……。

「さあ、遠慮なく私を折檻してください。粗相した妹はお尻を叩かれてしかるべきですから。……はぁはぁ」

……くそっ、けどそれが妹の望みってんなら俺はやってやる！　やってやるぞ……！

覚悟を決めて、俺は手のひらを渚のお尻に振り下ろす。

ポフッと手がスカートに当たった音が空《むな》しく響いた。

「……弱すぎます。そんなことでは折檻になりません。もっと思い切り叩かないと」

容赦のないダメ出し。

覚悟は決めたがこんなところを万が一誰かに見られたらマジで社会的に死ぬというためらいが残っていたようで、次はそれを振り切るようにさっきよりも勢いをつけてみる。

「ひぅっ⁉」

パンッと思った以上に大きな音がして、渚の身体がビクッと跳ねた。

痛くならないよう力は入れなかったつもりだが、こんなに鳴るとは思わなかった。

「ご、ごめん、大丈夫か？　痛かったのか？」

「い、いえ、痛みはありません。ただ、初めての衝撃に驚いて……。もっと、もっと続けてください！　さらに力を入れて！」

「で、でもそれだと」

「折檻なのですから、ある程度の痛みが伴わなければいけません。音だけでもなかなか高揚しますが、やはり痛みも必要ですから！」

……あああもう！　わかったよ！

パンッパーンッ――

「ひゃうっ⁉　あっ！　ああっ！」

俺は無心になって渚の尻を叩く。

パンパンと張りのある音がリビングに響き、それに合わせて渚の妙に熱っぽい声も。

「はぁはぁ……！　こ、これが折檻……！　お、お願いです、もっと……！　もっと何度も叩き続けてください……！」

その声に促されるがまま、尻を叩き続ける俺。だがその時、俺はハッと手を止めた。

というのも、何度も叩き続けるうちに衝撃によるものか、いつの間にかスカートがめくれあがっていたことに気が付いたからだ。

スカートがめくれあがってるってことは当然……、その、パンツが見えてしまっているということで……。なるほど、白か――って、なにマジマジと見てんだ!?

「どうしてやめるんですか……？　は、早く、もっと叩いてください……！」

「い、いや、スカートがめくれて下着が……！　す、すぐになおすから――」

「いえ、そのままでかまいません！　そのまま叩いてください！　やっぱりお尻は直接叩かれてこそ真価を発揮するのですから！」

「お尻の真価ってなんだよ!?」

とんでもないことを言い出した渚に度肝を抜かれる俺。

しかし渚は息を荒らげながら、さらにこう注文する。

「とにかくそのままお尻を叩きながら、さらに言葉でも私を叱りつけてください！　それこそあるべきお尻ぺんぺんの姿ですから！」

もはや意味不明すぎて、何を言ってるのかツッコむ余裕さえなかった。

だが渚の期待に満ちた眼《め》で見つめられ、結局のところ俺は自分を殺し渚のお願いをかなえるマシーンと化すしかなかったのだ。

相変わらず道徳心はグラグラ揺れていたがそれを無視して、俺はさっきの台本に書かれていた罵倒系の言葉を思い出しながら再開する。

「……！　こんな歳《とし》にもなって尻を叩かれて、情けないと思わないのか！」

「ああ、ごめんなさいごめんなさい！　はぁはぁ！」

「わがままばっかり言いやがって！　普段からもっと素直だったらこんなことしなくてもよかったたってのに！」

「はぁはぁ！　そうです！　私は悪い子なんです！　もっと私を罵ってください！　不出来な妹の尊厳を踏みにじってください！　はぁはぁ！」

パンッパンッパンッパンッパンッパンッ――

お尻ぺんぺんの音が室内に響き渡る中、俺はだんだん変な気分になってきた。

今までにない感覚に、いよいよ俺は混乱の極致に達する。自分でも何をしているかわからず、モヤモヤした気分がそのまま口から漏れ出るのだった。

「ああくそっ！　なんで妹とのコミュニケーションがこれなんだよおおお！」

「ごめんなさい！　全て私が悪いんです！　はぁはぁはぁ！」


……で、数分後。


「はぁはぁ、はぁはぁ……」

「はぁはぁ、はぁはぁ……」

俺達は二人とも肩で息をしながらグッタリとソファに沈み込んでいた。

「……こ、これで満足したか……？」

「はぁはぁ……。はい、とても堪能《たんのう》できました……」

俺の問いかけに、渚はやっぱりうっとりした顔で返す。

その反応の真意はともかく、満足できたならそれでいい。やってたことはお尻ぺんぺんとかいう常軌を逸した行為だったけど、それは今は思い出したくない。

「……なんだか、今回のことで私達の距離が近づいた気がします」

「……そうだな。なんかいろいろかなぐり捨てた感はあるよな……」

お互いの間にあった壁とか、あと人間としての大事なものとかな……。

そもそも、なんでこんな流れになったんだっけ……？

あまりに衝撃的すぎて、なんだか思考能力がマヒしてるな……。

「家族は本音をぶつけ合って絆《きずな》を深めていくというのは本当だったのですね……。これからもこの不出来な妹を叱ってください。それこそ毎日でも」

「いや、もっと他のコミュニケーション手段はあるだろ……」

「いえ、私にはこれがもっとも相応《ふさわ》しいです。はぁ……」

謎の熱い吐息とともにそう言い切る渚に、俺はガクリと肩を落とす。

やっぱ、俺達は何か開いてはいけない扉を開いてしまったんじゃないだろうか……。

「まあ家族として本音を言い合って絆を深めるってのは大事だとは思うけどな……」

「ええ、ですからこれからも言いたいことを私にぶつけてください。できれば言葉は強く理不尽に、あと乱暴な感じにしてもらうのも可です」

「だからなんでそんな方向性になる⁉　もっと普通に言いたいことはあるっての！」

「あるのですか？　私に言いたいことが」

「あ」

勢いで口にしてしまい、俺はしまったと後悔する。

だが渚が見逃すはずもなく「それは何ですか？」と圧を伴って訊《たず》ねてきたので、仕方なく続けるしかなかった。

「……じ、実は俺もお前にお願いというか、してほしいことがあってさ」

「何ですか？　何でも言ってください。私は鞭《むち》で打たれても一向にかまいませんが」

「そんなこと考えたこともないが⁉　そうじゃなくて！　……その、俺のことを『お兄ちゃん』って呼んでくれないかなって……」

「え？」

……ああ、言っちまった。すげー恥ずかしい……。

でも、偽らざる本音でもある。

妹ができるって聞いた時、そうやって呼ばれたらなと思った。

憧れというか、一人っ子だったからそういう仲の良い兄妹《きょうだい》って感じになれたらいいなってずっと思ってたんだ。

「あ、ああでも、嫌なら無理しなくても――」

「お兄ちゃん」

「え？」

「とても親しみを感じる呼び方です。私がそう呼んでいいのなら、これからもそう呼ばせていただきますね、お兄ちゃん」

「あ、ああ、よろしくお願いします……」

ニコリと笑顔とともにそう言う渚《なぎさ》に、俺は思わず見とれてしまった。

お兄ちゃんと呼ばれたうれしさとくすぐったさもあったからか、その時の渚がすごく可《か》愛《わい》く見えたのだ。

……家族は本音をぶつけ合って絆を深める、か。

渚の言ってることもあながち間違っていないのかもしれないと思いながら、俺は初めてお兄ちゃんと呼ばれた感動に浸るのだった。


「お兄ちゃん……、なんだか不思議な響きです。まるで包み込まれているような温かみを感じます。……はっ⁉ つまりそれは私がお兄ちゃんの庇護《ひご》下《か》にあるということを表しているわけですから、叱られる臨場感がさらに増すということでは……？ お兄ちゃん！もう一度私を叱ってください！ 今度はお兄ちゃんと呼びながら許しを請《こ》いますから！」

「感動が台無しだよ‼」

「何の話ですか？」

☆

「失礼します。あ、皆さんもういらしてたのですか」

翌日の放課後、渚が生徒会室に入ると、既に会長、杏梨《あんり》、香菜《かな》がいた。

「待ってたわ南条《なんじょう》さん」

「ええ、気になって早めに来てしまいましたわ」

「それで、相談の結果はどうなったんだい？」

三人は渚の姿を見るなり、興味津々《きょうみしんしん》といった感じで訊ねてくる。

「はい、おかげさまで上手《うま》くいきました。生徒会のアドバイスのおかげです」

渚は自分の席に座りながら、いつも通り冷静に答える。

その返答に、全員がうんうんと実に満足そうだった。

「それで、相談者はお義兄《にい》さんとの仲を深めることができたのかしら？」

「はい、ちゃんと進展しました」

「それはよかったですわ。これで生徒会の相談の勝率は１００％のままですわね」

「しかも恋愛相談のね。もうすっかり僕達はエキスパートだね」

その言葉にワイワイと盛り上がる一同。

悩める人の力になれたことに手応えを感じているように見えて、恋愛相談以外ではここまで熱量を込めてないことを指摘する者はいない。

「それで、具体的にどんな風にしたの？　支障がなければ教えてほしいわ」

「アドバイス通り、本音をぶつけ合いました。相談者は、自分に不満を感じていることを言ってもらいたいと義兄《あに》に打ち明けたのです」

「こっちからではなく、向こうから言ってもらったんですの？」

「はい。結果、実に有意義な時間が過ごせました……」

その時のことを思い出しているのか、渚は頰に手を当てて「ふぅ……」とやたら熱のこもったため息を吐《つ》いた。

「へー、さすが真面目っ子って感じだねぇ。でも、それだけ？」

「いえ、他にも義兄からのお願いを聞くことができました」

「お義兄さんからのお願い？　どういうものだったのかしら？」

「お兄ちゃんと呼んでほしいと」

「「え？」」

「……どうかなさいましたか？」

「い、今までそう呼んでなかったの？」

「はい。そういう発想がありませんでした」

「ま、まさかそんな段階だったとは思いませんでしたわ」

「兄妹になって半年でしょ？　そ、そりゃ距離を感じるよね」

まだそんな段階だったのか……と驚く一同に、不思議そうな顔の渚。

「けれどまあ、兄妹の仲が深まったというのならよかったわよね。不満に思われてたことも改善していけば、これからもっと仲良くなれるでしょうし」

「……実は、そう簡単にはいかないかもしれません」

「え？　何かまた問題でも発生したんですの？」

難しい顔で考え込む渚に、どうかしたのかと身を乗り出す一同。

だが続いて出てきた言葉に、全員言葉を失ってしまう。

「だって、不満を改善してしまうともう叱られなくなってしまいます」

「まさかあんなにも甘美なものだとは知りませんでした。途中からは本来の目的も忘れてしまいましたから」

「「……は？」」

「「……え？」」

「ああ、しかしあのような痴態を晒《さら》してしまうのはいけないという罪悪感もあるのです。しかし、その罪悪感がまた絶妙なスパイスになって……！　はぁ、新たな扉を開いたような気分です……」

「「……何が？」」

「こういう場合、どうすればいいのでしょうか？」

「「だから何が⁉」」

意味不明なことを口走る渚に、さすがの生徒会メンバーも呆気《あっけ》にとられる。

だがすぐにまたいつも通り冷静な感じに戻った渚は「とりあえず現状維持で様子を見ようと思います」と話を締めくくった。

まったく意味がわからないが、渚本人が納得しているみたいだからまあいいか……、みたいな空気に包まれて無言になる三人。

決して、ツッコんだらすごく面倒くさそうだという空気を感じたからではない。

だが、ここはツッコまなくて正解だっただろう。

なぜならツッコんだところで、無自覚な渚からは明確な答えなど得られないからだ。

……そう、秘められた『ドM』という性癖を自覚するには、相談者はあまりにも真面目過ぎたのだった。

「……はぁ、これが恋というものなのですね……」

議題⑤　デートを通じて昔のことを思い出してもらうにはどうすればいいかしら？

ある日の生徒会室に、謎の緊張感が満ちていた。

会長がさっきからずっと真剣な顔で腕を組み、何やら考え込んでいる。

何か重大な事件でも発生したのか——

他のメンバー達は声をかけるのもはばかられる雰囲気で、固唾をのんで見守っていた。

「……少し、話があるのだけれど」

そんな中、会長がおもむろに顔を上げてそう言った。

「話とは何ですの優里奈《ゆりな》さん？　何か問題でも？」

「ええ、大きな問題よ……」

会長はそう言って、少し黙ってから再び仰々しく口を開いた。

「……私の恋愛相談者の話なんだけれど、さらに相手との仲を進展させるために新たな行動に出る決意を固めたわ」

が、出てきたのはまさかの恋愛相談の話。

真剣な表情と話の内容にあまりにもギャップがあるように感じるところなのだが、

「そ、それは確かに大問題ですわ……！」

「す、すごい。思い切ったわけだね……！」

「勇気のある決断です」

なぜか生徒会メンバー達は会長と同じテンションで驚いていた。

どうやら生徒会にとって恋愛相談は最重要事項らしく、先日紛糾した委員会活動の補正予算会議よりも明らかに真剣度が上だった。

静かな仕事モードだった生徒会の雰囲気は一変し、全員が一斉に身を乗り出す。

「そ、それで、新たな行動とはどうするんですの？」

「もちろん、これまで通りのアピールとは違った方法を検討するのだけれど……」

「今までのやり方だとダメになったということかい？」

「そうじゃないわ。ただ、その……、そろそろさらに一歩踏み込んでもいい頃なんじゃないかと思い始めたのよ」

「それはつまり、本格的にお相手とお付き合いするということですか？」

「……まあ、この試みが成功したらそうなるでしょうね」

ふっ……、と笑う会長に「おおっ！」と盛り上がる一同。

会長はそれをまあまあとなだめながら続ける。

「ただ、具体的に何をどうすべきかというのはまだ決まっていなくて、それを生徒会で相談しようと思ったのだけれど」

「もちろん、協力は惜しみませんわ」

「もしそれで恋人同士になれたとしたら、僕達の相談者にも朗報になるしね」

「はい、大いに勇気づけられます。それで、確か会長の相談者の方は、昔一度お相手と出会っているけれどそのことに気付かれてないというお話でしたが」

渚の質問に会長は「ええ」と頷《うなず》いた。

そして、今と昔では外見がまるで違うことやそのことですれ違いが起きていること。そして自分からは言い出せないけどなんとか思い出してほしくてアピールをしていることなど、改めて現状の共有をする。

「そのアピール自体は続けていて、だんだん反応が楽しく——もとい、手応えは感じているのだけれど、残念ながらまだ思い出してもらうには至っていないの。そこでさらに一歩踏み出して、より強力な手段を用いようと思うのだけれど……」

「その手段をどうするか、というわけですわね？」

杏梨の言葉に会長が無言で頷くと、全員が「うーん」と頭を悩ませ始める。

ただ、いっそのこともう全部言葉に出して告白してしまえばいいんじゃないかという意見は、やっぱり誰の口からも出てこないのだった。

「今は確か、昔を連想させるような服装とかをアピールしてるんだっけ？」

「そうね。ただ、それではやはり限界があると言わざるを得ないわ。……楽しくて、癖になりそうではあるんだけれど……」

「それでさらに一歩踏み出すとなると、やはりもっと連想を強める方向にいくしかないのでしょうか？」

「髪の色も今と昔では違うんですわよね？　それも思い切って再現する方がいいと思いますわ。すぐに染められて楽に落ちるのがありますから簡単ですわよ」

「そうなの？　詳しいわね舞島《まいしま》さん」

「ええ、私も愛用――い、いえ、そういうのがあると小耳にはさみまして」

「なるほど。……やはり、いよいよそこまでしないといけないわよね……」

なぜか冷や汗をたらす杏梨だが、会長はそれに気付かず考え込む。

「ただ、そうするにしても学校ではできないわね。どこか別の状況を用意しないといけないのだけれど、そんな口実は……」

「じゃあさ、もういっそのことデートに誘えばいいんじゃない？」

「「デート⁉」」

香菜《かな》のその一言に、会長だけじゃなく杏梨《あんり》や渚《なぎさ》も声を上げる。

「ほら、やっぱり男女の仲を進展させると言えばデートでしょ」

「そ、それは魅力的だけれど、ででデートに誘うなんてハードルが高いわ！」

「いや、そうだけどさ。でも実質的なデートならできるんじゃない？　相手はそう思ってないけどこっちはデートのつもりでどこかに一緒に行くっていうのならさ」

「「なるほど……！」」

また一緒に頷く三人。ふむふむと真剣な顔で聞いている。

「た、確かにそれはアリね。早瀬《はやせ》さん、どこでそんなアイデアを？」

「いやー、僕の相談者って普段相手とファミレスで会ってるんだけど、時々『あれ？　これって実質デート？』とか思っちゃうことがあってさぁ。やっぱり学校とか家以外で会うのって特別って感じあるよね？」

ほんのり頬を染め自慢気に語る香菜に、ちょっと悔しそうな面々。

「で、でもその代わり学校では会えないのよね？　それはそれで貴重な青春を謳歌《おうか》できなくてもったいなくないかしら？」

「うっ」

「べ、別に学校だけが全てじゃないと思いますわ。私の相談者の場合のように、同じバイトで長い時間を過ごすというのもすごくいいですわ」

「私の相談者は兄妹《きょうだい》なので、家の中というプライベートな空間で接することができますから、相手のいろいろな面が見られたりします」

皆一見朗らかに自分の相談者のことを語っているように見えるが、なぜか全員ちょっと表情が必死に見えなくもなかった。

「……えっと、みんな相談者の話をしてるのよね？」

そしてふと会長がそう言うと、全員がどこか図星を突かれたような顔で我に返り、マウントのとり合いのようなやり取りはピタリと止まった。

一瞬だけ、シーンと何とも言えない空気が流れる。

「と、とにかく、早瀬さんの言うデート作戦は素晴らしい考えだと思うわ。けれど、どうやって誘うかは問題ね。その口実がないというか」

「確か優里奈さんの相談者は、相手とあまり接点がないのでしたわね？」

「そこが難しいよねぇ。デートの口実以前の問題があるわけか」

「一緒に出掛けられる理由があればいいのでしょうけど」

うーん……、と全員が真剣な顔で考え込むが、いいアイデアは出てこない。

そうやって皆が無言で頭を抱えていた時だった。

「あら？　ちょっとごめんなさい」

不意に会長がそう言って懐《ふところ》からスマホを取り出した。

そうしてしばらく画面を眺めた後立ち上がると、

「少しの間席を外させてもらうわ。皆は相談への回答を考えててちょうだい」

そう言ってドアの方へと歩き出した。

「どうしたんですの優里奈さん？」

「風紀委員長から連絡があったのよ。なんだか内々で話したいことがあるとか。だったら来てもらうよりこっちから行った方がいいと思って。ちょっと行って来るわ」

全員に見送られ、会長は生徒会室から出て行った。

残されたメンバー達は会長の言葉通り、相談への答えを考え続けるが、

「……うーん、難しいですわね。実質的なデートに誘っても怪しまれない方法なんてあれば、私のところも積極的に使いたいですが……」

「そうだよね。そんな方法があればデート し放題なわけだし……」

「それは夢のようです。是非とも思いつきたいところです」

なにやら私情込みでやる気はあるものの、これといったアイデアはそう簡単に浮かんで

こない様子でさらに頭を悩ませる一同。

そうして結構な間、あーでもないこーでもないと議論を続けていると、

「あ、会長、お帰りなさい」

会長が生徒会室へと戻ってきた。

……のだが、なんだか様子がおかしい。

「………………」

「どうしたの会長？　黙りこくっちゃってさ」

香菜の指摘通り、会長は部屋に入って来たはいいがなぜかやや俯《うつむ》き加減で無言のままその場に立ち尽くすばかり。

どうしたんだろう？　と三人が顔を見合わせていると、

「……ふ、ふふふ、思いついたわ」

急に会長が低く笑いながらそんなことを言い出した。

そして続く言葉に、会長は自分で目を輝かせるのだった。

「実質的デートの口実を思いついたわ……！　しかも完璧な……！」

▽

「はぁ、なんだってこんなことを……」

俺はすっかり日が暮れてしまった空を見上げながら呟《つぶや》く。

今、俺がいるのは学校近くのとある公園だった。

夜の入り口と言えるような時間帯になんでこんなところに一人でいるのかというと、簡単に言うなら待ち合わせのためだ。

スマホを取り出して確認すると、間もなくその時間になる。

俺はもう一度やれやれと首を振りながら、こうなった経緯を思い出していた。

きっかけとなったのは、風紀委員長からの一言だった。

——南条《なんじょう》くん、悪いけど頼まれてくれないか？

俺はそれを聞いてすぐに嫌な予感を抱いた。

というのも、委員長がこういう切り出し方をする時はたいてい面倒くさい話だからだ。

で、例に漏れずやっぱり面倒事だったわけで……。

簡単にまとめると、委員長の頼み事ってのは不登校生徒の補導ということになる。

とある一年の女子生徒が不登校気味で、それだけならまだしも夜の繁華街をウロウロしてるという情報が舞い込んできたらしい。

それを見つけて説得・補導をするということらしいが、その話を聞いた時、それって風紀委員の仕事なのだろうか？　と率直に思った。

委員長もそれは同意見だったらしいが、いろいろあって今回は風紀委員も動くということになったらしい。……いろいろってのが意味不明だが。

まあなにはともあれ、それで早速夜の街に出てその女子生徒を見つけるということになり、俺がそのパートナーに抜擢《ばってき》されたってわけだ。

……うん、思い返しても完璧に範囲外の面倒事だな。

「けどまあ、そんな女子生徒がいるってんなら放ってもおけないしな……」

俺はそう口にして、少しだけ昔のことを思い出しながら苦笑する。

とりあえず頼まれた以上はちゃんと仕事はしないといけない。

そう考えて気持ちを切り替えながら、改めて待ち合わせの相手を待つ。

そろそろ時間だ。あの委員長も、自分から言い出したことだからさすがに遅刻は――

「南条くん！」

とその時、俺を呼ぶ声が聞こえてきてギクッと身体《からだ》が強張《こわば》った。

委員長の声――じゃない。

この声は、聞き覚えがある。っていうか、最近毎朝のように聞いている。

……姫崎《ひめさき》会長⁉　まさか、なんでこんなところに……⁉

俺は想定外の事態に慌てて振り返る。

が、視界に飛び込んできた光景に、驚きを通り越して言葉を失ってしまった。

「な……っ⁉」

「ごめんなさい。少し遅れてしまったわ」

そこにいたのは確かに会長だった。

いや、なんで会長がこの場に現れたのか、それだけでも意味不明なのだが、それ以上に衝撃的な事実に俺は完全に固まってしまった。

というのも、

「な、な、な……っ⁉　な、何なんですか、その髪……！」

「ああ、気付いてくれたのね？」

「それを気付かない方がどうかしてるでしょう⁉」

会長の髪が、見事な金髪になっていたからだ！

……いや、意味がわからん！　自分で言ってて意味がわからん！

いきなりなんでだよ⁉　俺の目がどうかしちまったのか⁉

「ま、まあこれは、これからするデー——いえ、女子生徒捜しに必要だったからよ」

「え、女子生徒捜しって」

「あら？　風紀委員長から聞いてないのかしら？」

「い、いえ、その話は聞いてましたけど……。っていうか、どうして会長がここに⁉　委員長が来るはずでは⁉」

「え？　そんな予定は聞いてないわ。最初から私と南条くんの二人でやるということで、委員長とは話をつけておいたはずだけれど」

「……ちょっと待ってくださいね」

会長のその言葉に、俺は急いでスマホを取り出す。

そして委員長にメッセージアプリですぐさま連絡。

これはどういうことだすぐさま説明しやがれ！　という疑問をかみ砕いて送信すると、幸い返事はすぐに返ってきた。

委員長：だから二人で女子生徒捜しを頼むって言ったじゃないか。なんだ今更。

俺：委員長と二人でってことじゃなかったんですか⁉　なんで生徒会長が？

委員長：会長からの要望だ。そんな女子生徒がいるなんて見過ごせないから自分が動くと言って、風紀委員からも一人人員を出してくれと頼まれてな。いやー、さすが姫崎会長だ。まさに生徒会長の鑑《かがみ》。

俺：そこは同意ですけどなんで俺なんです⁉　そういうことなら委員長が行けばよかったじゃないですか！

委員長：私も最初はそのつもりだったが、夜の繁華街に女子二人ではなにかと不安だったのでな。風紀委員からは男子をということで、君に白羽の矢が立った。

俺：一見それっぽいですけど、黒帯持ちの委員長にそんな心配いらないでしょ⁉

委員長：いやいや、いざという時はやはり男子がいた方が何かと安心だからな。というわけで頼んだぞ南条くん。

続いて黒猫がサムズアップしてるスタンプが表示され、俺が「……ぐっ」と唸《うな》る。

まだまだ言いたいことはあったが、このスタンプは話は終わりの印だった。

というか、委員長が誤魔化して話を打ち切るときにいつも使うやつだ。

……あの人、また俺に面倒な仕事を押し付けやがったな……！

「南条くん？　どうかしたのかしら？」

「……いえ、すいません。ちょっと委員長との意思疎通に齟齬《そご》があったようで……」

俺はひくひくと顔を引きつらせながらスマホをポケットに入れる。

委員長への文句はまた明日直接ぶつけるとして、会長は何も悪くないのだからこの場で不満を洩《も》らすのはダメだ。

とりあえず、押し付けられた仕事とはいえ今は女子生徒の件を片づけるしかない。

……と、頭を切り替えたところで放置してた問題が再浮上するわけだが。

「女子生徒捜しを俺と会長でやるということは了解しました。……で、改めて訊《き》くんですけど、その髪は……？　っていうか、その格好は……？」

俺は改めて会長の姿を上から下まで眺める。

普段のつやのある黒いロングヘアーが、今は見事な金色に変わっている。

しかもそれに加えて、さっきは髪が衝撃的すぎて見落としていたが、服装の方も明らかにおかしかった。

俺はファッションに詳しくないのでなんて表現したらいいのかわからないのだが、あえて偏見全開でいうなら遊んでるっぽい服装というか……？

とにかく派手で身体のラインが出てて、しかもスカート丈が異様に短いし。

……これはひょっとして会長の私服なのか？

まさかそんな——と思いかけたが、一概に否定できないかもしれないことに思い至ってツーッと冷や汗が流れる。

なにせ、最近は風紀チェックでこれと似たような雰囲気の格好を頻繁に見るようになっていたからだ。

「だから、これからすることに相応《ふさわ》しい格好ということよ」

「つまり……、どういうことです？」

「これから私達は不登校の女子生徒を捜しに夜の街へと行くわけよね？」

「はあ、まあ、そうですね」

「では、そこに行くのに適した格好というものがあるわよね？」

「はあ、まあ、そうです……、か？」

一瞬納得しかける暇もなかった。

会長の言葉に、俺は盛大に首を傾《かし》げるしかない。

「つまり、これはそういうことよ」

「いえ、あの、ちょっと待ってください。別に夜の繁華街に出るのに派手な服装をする必要とかはないと思うんですが……」

「私はあると思うわ。主観の相違ね……」

「いやいやいや！　そういう問題じゃありませんから！」

「別に理由はそれだけじゃないわよ」

「え？　他に何か？」

「女子生徒に無用な警戒をさせないためというのもあるわ。この格好なら、まさか私達が学校から来た人間だとは思わないでしょう？　つまり、変装というわけね」

「つまり、の前の部分はわかりますがその後がわかりません！」

「変装というのは目的のために外見を変えることよ」

「言葉の意味を訊いてるのではなくてですね！」

「速やかに標的に近づくために必要な措置よ」

……なんかいつの間にか狩り的なものが始まろうとしてるんだが？

平然と言い放つ会長に頭が痛くなってくるが、なんか不毛な気がしてきたので俺はこれ以上何も言わないことにした。……なんか妙に気合が入ってるしな。

でも裏を返せばそれだけ会長がこの女子生徒捜しに真剣だという証拠でもあるわけで。

その発露のし方がどう考えてもおかしいけど、水を差すのは違う。

……それにしても、会長がこんな格好するなんて。うう、またしてもイメージが……。

「わ、わかりました。それじゃあ、早速捜しに行きましょう」

俺は連日の風紀チェックで揺らぎつつある会長像にさらにダメージをくらいながらも、

なんとか気を取り直す。

「あ、ちょっと待って。その前に」

だが、会長は歩き出そうとする俺を呼び止めた。

「少し確認しておくべきことがあるのだけれど」

「ああ、女子生徒を見つけた時のことですか」

「いえ、そうではなくて。……その、私のこの格好、どうかしら？」

「へ？　どう、とは？」

「南条《なんじょう》くんの感想を訊《たず》ねているのよ。似合ってるかどうかとか」

一瞬、何を訊ねられたかわからず俺は混乱する。

「えっと、あの……。女子生徒捜しのための変装なら、似合ってるかどうかなんてどうでもいいことなのでは……？」

「いいえ。生徒会長たる者、身だしなみにはいつも注意しておく必要があるから」

一見もっともらしいが、やっぱり釈然としない。

というか身だしなみ云々《うんぬん》の話なら、風紀チェックの時のあれは何なんですかね？

と心の中でツッコミを入れつつ、俺は会長の何かを期待するような視線に圧《お》されて答えざるを得なくなる。

「……いつもの会長と違いすぎるので、変装という意味では成功してると思います」

「で、それは似合ってるかどうかで言えばどうなのかしら？」

……な、なんか圧が強くね？

会長のイメージからは大きく離れてる格好としか言いようがないけど、もとが美少女だからどんな格好をしていても様になるという意味では——

「まあ、その、似合ってるとは思いますが……」

「……そう」

そんな言わされた感が強い返答をすると、会長はすっと視線を逸《そ》らした。

前髪で表情は見えないが、口角がヒクヒク動いているように見える。

「それはよかったわ。で、その、他に何か思い出したこととかはないかしら？」

「え、他にと言いますと？」

「い、いえ、ないならいいのよ。ええ」

意味不明な質問に首を傾げていると、会長はそう言って一人納得する。

小さく「焦《あせ》ってはいけないわ……」と呟《つぶや》くのが聞こえた気がしたが、さっきまでのやり取りも加えて、俺には会長が何を考えてるのかよくわからなかった。

「さあ、ではそろそろ女子生徒を捜しに行きましょうか」

「あ、はい。でも、具体的にはどうするんですか？　その辺りの話は、俺は何も聞いていないんですが」

「大丈夫。その子が現れるであろう場所の情報は前もって調べておいたから、そこを重点的に捜しましょう。会えたら接触して話し合いね」

さすが会長、事前の準備もぬかりないようだ。

いつもの隙のない完璧さには感心するが、それだけにこの派手な格好とのギャップが余計に大きく見えてしまうな……。

「ではまず、近くにあるお店から見に行きましょう」

そんなことを考えていると、会長はそう言って歩き出した。

と同時に、唐突に俺の腕に抱き着いてきたかと思うと、そのまま引っ張るようにして進んだので、俺は思わずつんのめりそうになる。

「ちょ、ちょっと会長⁉　何を……！」

「私達はデートしているカップルという設定なのだから、こうやって歩くのが自然よ」

「待ってください！　そんな話は初耳なんですが⁉」

「ええ、今言ったからね」

「いや平然と返されても⁉　なんでそんなことする必要があるんです⁉」

「こんな時間にただ並んで歩いているだけの男女なんておかしいでしょう？　だからカップルを装《よそお》うのは自然な発想というわけよ」

「……いやいや！　一瞬納得しかけましたけど、やっぱりそんなことないですよ⁉」

「いいえ、その認識は甘いわ。日が暮れてから一緒に歩いている男女なんてカップル以外にあり得ないのだから」

「偏見でしかない！」

自信満々に言う会長に俺は思わずツッコむ。

……こ、これはあれか？　会長はそういうのに疎《うと》いから考えが偏っているのか……？

「とにかく、女子生徒に近づくためには街に溶け込んで警戒させないのが重要なの。今日は私達はカップルということで行くわよ」

「ま、マジですか……」

有無を言わさずに歩き続ける会長に、俺はもう従うしかなかった。

……ま、まさか擬装とはいえ会長とカップルになるなんて……。

「つまり、これはデートということになるわね」

しかも何を思ったか、謎に念押ししてくる会長。

……い、いや、何を意識してんだ俺は。あくまで仕事のためだってのに。

「ふふ、ふふふふふ」

「か、会長?」

「あら、ごめんなさい。デートだと思うと少しテンションが乱れてしまったわ」

「それなら無理に装わなくても……」

「さあ、とにかく行くわよ。いざ、デートへ」

「いえ、女子生徒捜しにですからね⁉」

と、そんなこんなで俺は派手な格好をした会長に腕を引っ張られながら、夜の街でデートすることになったわけだが――

……うん、字面《じづら》でもマジで意味がわからんな。

とはいえ本来の目的を見失ってるわけではなく、俺達は女子生徒が現れる可能性のある場所へと向かうことになった。

で、その道中、俺はやたらと周囲からの視線を感じることになる。

正確には一緒に歩いている会長への視線の流れ弾をくらったって感じだが、こんな美少女が派手な格好をしてるんだから当然と言えば当然かもしれない。

不思議なことに男性よりも女性の方が目を向けることが多かったようにも思えたが、なにはともあれこんなに目立つなら変装の意味があったのだろうか?

「まずはここね」

そんなことを考えていると目的地に着いたらしく、会長は足を止める。

見るとそこはファストフード店で、女子生徒が現れる可能性のある場所の一つらしい。

俺達は中に入ると、まず店内をぐるりと見回して女子生徒を捜したがいなかった。

そこでドリンクとポテトを注文し、入り口と通りが見える窓際《まどぎわ》の席へと座って女子生徒が来るのを張り込みすることにした。

「現れますかね」

「どうかしらね。……ところで南条くんはこういうところ、よく来るのかしら？」

「最近はあまり来てませんね。時々友達とファミレスで会うくらいで」

「ファミレスで……？　その友達というのは、ま、まさか女子……」

「いえ、もちろん男ですよ」

俺はカナタのことを思い浮かべながらそう答える。

「ふぅ……、そうよね。そんなことあってはならないわ。南条くんが女子と一緒に出掛けるなんて、そんなことあっては……」

なぜか会長にやたら頷《うなず》かれてしまう俺。

確かにそういう相手はいないが、かといってそんなに納得されるのはそれはそれでモテない男と認識されてるとわかって複雑な気分だ。……まあ事実だが。

一瞬、そういう会長はどうなのかと訊《き》きたくなったが、さっき店に入った時に俺の服をちょこんと摘まんで、

「……ところで、ファストフード店での注文ってどうすればいいのかしら？」

と訊ねてきたことを思い出してやめた。

……会長、今までこういう店に入ったことなかったんだなぁ。

「さて、では南条くん」

「え？　あ、はい、なんですか」

「……は、はい、あーん」

「へ？」

いきなりのことで、何が起こってるのかわからなかった。

目の前には伸ばした手に摘ままれているポテト一本。

そしてその奥にはほんのりと頬を染めた会長の顔。

…………ええええええ!?

「な、何してるんですか会長!?」

「し、静かに。私達は今カップルとしてこの席に座っているのよ。だったらカップルらし

くするのは当然だわ」

「でもこれは一体……！」

「か、カップルでデートといえば『あーん』をするものでしょう？」

「いや、ベタ過ぎるし普通に偏見だと思います！」

そうは言いつつ、俺もデートの経験なんてないから完全に否定することはできない。

……こ、これは、やらないといけないのか？　メチャクチャ恥ずかしいんだが……。

そうやって俺が逡巡《しゅんじゅん》してる間も、会長は腕を伸ばしたまま。

ちょっと震えているのは無理な姿勢だからか、会長も緊張しているからか。

どちらにせよ無理してまでやらなくてもいいのに——と思っていた時、俺はふとあることに気が付いてギクリと身体《からだ》を強張《こわば》らせた。

「？　ど、どうしたのかしら南条くん」

固まってしまった俺に会長は訝《いぶか》しむが、俺は何も答えられない。

というのも、俺はある一点に視線が釘付《くぎづ》けになってしまっていたからだ。

腕を伸ばして前のめりになる姿勢に、胸元の開いた服。

その二つが合わさると、当たり前だが見えてしまう。

そう、胸の谷間ってやつがだ。

風紀チェックの時にはなかったアングル。

……や、やっぱり会長のはでかい——って、だからダメだろ俺!

「い、いただきます!」

俺は金縛りから解かれたように、慌ててポテトを食べた。

恥ずかしいとかそんなことよりも、会長の谷間が晒《さら》され続けることに耐えられなかったからだ。……うう、目に焼き付いて……。

「すごい勢いね。そ、そんなにうれしかったの?」

「え? い、いえ、まあ、はい!」

「本当? じゃあ、もう一度するわね」

「あ、いえいえ! もう結構ですから!」

「どうして? 私達はカップルなのだから続けないといけないわ」

「……! じゃ、じゃあ今度は俺がします! はい、あーん!」

「え⁉ な、南条《なんじょう》くんから⁉ ……こ、これは想定外のサプライズ……! やっぱりこの作戦をしてよかったわ……! あ、あーん」

俺が内心焦りつつポテトを差し出すと、会長はうれしそうにそれを食べた。

こっちからすることで谷間の発生を防いだわけだが、今度はポテトの油で光る会長の唇

に目が行ってしまう俺。

自分がこんなにもバカだったのかと思い知りつつ、俺は恥ずかしさを感じる余裕もないままあーんを続ける。

「ファストフードのポテトってこんなにも美味《おい》しかったのね……。では次は私が」

「お、俺はもういいですから。会長一人で食べてください」

「ダメよ。それではカップルにならないでしょう？」

そう言って会長はまたあーんをしてきて、俺もまたなるべく谷間が見える機会を少なくするべくあーんを返す。

それを何度も続けながら、俺は心の中で店にクレームを出すのだった。

なんでスモールサイズなのに、こんなにも量が多いんだ……！　と。

そうして優良サービスに涙を流しつつ、なんとか残りが見えてきたと安堵《あんど》していると、

「あ、追加で注文しないといけないわね」

「いえいえ、俺はもう胸――いや、腹いっぱいですから！」

「南条くんって意外と小食なのね？　でもこれは張り込みに必要なものだから」

「だったらドリンクだけでもいいですよね⁉」

「いえ、初めて食べたけど、私ポテトが気に入ってしまったわ。もうちょっとほしいから

追加してくるわね。そう……、十人前くらい」

「多すぎる！」

「ラージで」

「無茶すぎる！」

どこまで本気なのかわからないけれど、なんかワクワクした顔の会長を見てると本気でヤバいと思い止める俺。

「と、とにかくここには来ないようですから、次の場所へ行きませんか」

「……そうね。ここでのデートはある程度堪能《たんのう》したから、そうしましょうか」

幸い俺の提案を、会長は素直に了承してくれた。

……よかった。これでポテトに腹を壊されずに済む……。

目的は女子生徒捜しでデート云々《うんぬん》はどうでもいいだろとツッコむ余裕もなく、俺はホッと胸をなでおろす。

そうして俺達はファストフード店を後にすると、今度は近くのゲームセンターへと向かった。ここも女子生徒が姿を見せる可能性があるのだとか。

「……どうやら今はいないみたいね」

俺達はゲーセン内をひとしきり確認したが、女子生徒の姿はなかった。

「どうします？　次の場所へ行きますか？」

「いえ、来るかもしれないから、またしばらく張り込みをしましょう。もちろん、カップルのデートを装《よそお》いながら自然に」

やっぱり張り込むだけならカップル要素はいらないような……、と思ったが、口には出さないでおく俺。

「場所が場所だから、何かゲームをして待っているというのが自然ね。……そこで提案なのだけれど、あれなんかどうかしら？」

そう言って会長が指さしたのはプリクラの筐体《きょうたい》だった。なるほど。

「確かにあれなら入り口に近くて見張りやすいかもしれないですね。カーテンも付いてるから隠れられるし」

「ええ、やはりカップルでゲームセンターといえばプリクラが定番よね。この機に是非やってみたかったのよ。楽しみだわ……！」

「……張り込みが目的ですよね？」

なんかノリノリの会長に一応ツッコむが、返事の代わりに「さあ行きましょう」とプリクラへと引っ張りこまれてしまう。

「なるほど、これがプリクラなのね……。こっちで写真を撮って、こっちで加工もできると……。実に興味深いわ」

なんだかすごく興味津々《きょうみしんしん》といった様子で筐体を眺める会長。

「あの、入り口を見張ってなくてもいいんですか？」

「大丈夫、ちゃんと目を配ってるから。それより南条くん、今はプリクラの方に集中してもらわないと困るわ」

「いや、どう考えても集中すべきは張り込みの方では……」

「その張り込みを成功させるためにも私達はカップルになり切らなければいけないのよ。周囲と一体化してこそ怪しまれずに済むというもの。というわけで早速写真を撮るわよ。カップルとして」

いまいち納得のいかない理論だったが、俺は会長に従うしかなかった。

カメラに向かって二人で並ぶ。すると画面に俺達の姿が映ってなんだか気恥ずかしい。

まさか会長とプリクラをする日が来るとは。しかも演技とはいえカップルとして。

「さあ、カップルらしい構図にしないといけないわ。南条くん、私の肩に腕を回してくれるかしら」

「え？　腕をって」

「ほら、こうやって抱き寄せるように」

会長はそう言って俺の腕を自身の肩に乗せ、次に俺の身体に抱き着くようにもたれかかってきた。

画面を見ると、そこにはいかにもカップルといった感じの男女が映っていて、それが俺と会長なんだと気が付いた途端、急激に胸の鼓動が激しくなった。

「か、会長？」

「もっとくっついた方がいいわね。か、カップルなのだから」

さらに会長が俺に密着し、その瞬間身体に二つの柔らかい感触が。

画面にもそれはハッキリと映っていて、胸が俺の身体に当たって服の上からでもわかるくらいムニュッと形を変えているじゃないか。

「きょ、距離が近すぎでは⁉」

もちろん俺は焦《あせ》るが、会長は「カップルなのだからこれくらい当然」と、頰をほんのり赤く染めながらも取り合ってくれない。

「あ、あの、やっぱりカップルを擬装するにしてもここまでする必要はないんじゃ？」

「そんなことはないわ。リアリティが大事だから。さあ、このまま撮るわよ」

そう言って撮影ボタンを押す会長。

……うう、会長とこんな写真を撮って、本当に大丈夫なんだろうか。

「撮影は終わったみたいね。じゃあ次は加工をしましょう」

画面は俺達が抱き合ったままの姿で固定されていた。

会長が言う通り、ここから文字を描いたりフレームを付けたりといろいろ加工ができるようになっているみたいだ。

……へえ『盛る』なんて機能もあるのか。まあ会長の場合は盛らなくても素で美少女だから不必要だけど。

「盛る必要はないわね。南条くんはそのままで……」

なんか会長も同じようなことを呟《つぶや》きながら、あれこれと加工機能を確認している。

「フレームは……、や、やっぱりカップルといえば定番のハートよね。それにこのペンで二人の間にもハートマークを描いて……。こ、これは照れるわね」

画面にペンを走らせながら顔を真っ赤にする会長。

そんなに恥ずかしいなら無理しないでいいのに……、と思いつつも、なんだかやたらと楽しそうだったので口には出せなかった。

……それにしても、本当に恥ずかしいぞこれ。加工されまくってどんどんバカップルな感じの写真になってきてるんだが……。

「さあ、南条くんも何か描いて」

「え⁉　お、俺もですか⁉」

「彼氏なんだから、一緒に描くのは当然でしょう」

そう言ってペンを渡されたが、ただでさえ恥ずかしいのにさらに自分から恥ずかしくならないといけないことに戦慄する俺。

だが期待のこもった目で見つめる会長にＮＯと言えるはずもなく、俺はペンを片手に画面に向かう。……が、

「な、何を描けばいいかわからないんですが……」

「カップルらしさを出せばいいのよ。た、たとえば彼女についての想《おも》いとか」

擬装カップルに想いも何もあるはずないが、ここはそれっぽく……。

俺は会長の頭の上辺りに『世界で一番可愛《かわい》いカノジョ』と描いてみた。

うん、死ぬほど恥ずかしい！　誰か俺を今すぐ殺してくれ！

「な、南条くん、それは……」

「い、いえ、適当に思い付いただけで！　す、すぐに消し――」

「す、素晴らしいわ！　実にカップルらしい……！　わ、私も負けてられないわ！」

と、今度は会長が俺の頭の上に『世界で一番大好きなカレ』と描く。

「ぐは……っ！」

し、死ぬ。死ねる。恥ずかしくて吐血しそうだ……！

「なんというラブラブ感……！　これがカップルでのプリクラというものなのね……！」

なんか謎に感動している会長だが、こんな恥ずかしいバカップル丸出しなことは、普通のカップルは絶対してないと思います！

「こ、これは楽しいわ。もっとどんどん描きましょう。はい、南条《なんじょう》くんの番」

「ええ、まだやるんですか⁉」

「ええ、余白も残さない勢いで描くわよ。それでこそカップル！」

なんか会長の中のカップル像が歪《ゆが》んでいってる気がするが、すっかりハマってしまった様子で何を言っても無駄だった。

その後、俺達は代わる代わる画面にいろいろ描き込んでいくことになり、気が付くと画面がすごいことになっていた。

『ラブラブデート中』とか『一生一緒』とかいう文字や、余白を全て埋め尽くすような数のハートなど、もう本当にすごいことに。

……いや、これはヤバい。どう見ても黒歴史でしかない……！

「はぁ……、素晴らしい記念になったわ……！」

しかし会長はそんなこっ恥ずかしい写真をそのまま平然とプリントし、うっとりとした目で見つめていた。

というか、忘れてた。プリントするんだったたこれ。

万が一こんなのが誰かに見られたらマジで社会的に死ぬぞ……。

「それじゃ、もう一回撮りましょうか」

「へ？　も、もう一回とは？」

「もちろんプリクラよ。こんな楽しいもの、一回でやめるなんてもったいないわ。色んな構図を試して楽しむのがカップルというものよ」

……普通に恐ろしいことをおっしゃっておられるのだが？

あ、あんな恥ずかしくて死にそうなことをもう一度——いや、会長の口ぶりだと何度もやるだなんて、そんなの俺の精神が耐えられないぞ！

「か、会長、プリクラばかりじゃなく他のゲームもしませんか」

「いいえ、まだこれを堪能しきっていないわ。プリクラというものはすごいわね。カップルはこれだけで一日を過ごせると言っても過言ではないわ」

どう考えても過言です！　ってかどんだけハマってるんですか会長⁉

会長は再びコインを投入しようと手を伸ばし、俺はそれを慌てて止めようとする。

だがその時、

「あ」

不意に会長がピタッと動きを止め、カーテンの外をじっと眺め始めた。

な、なんだ急に？　どうしたんだ？

その視線を追って俺も目を向ける。最初は何を見てるんだろうと思ったが、よく見るとふらふらとした足取りで店内に入ってくる少女の姿があった。

「……あの子ですか？」

「ええ」

俺の問いに、会長は視線を外さないまま答える。

その顔にはさっきまでのどこか浮ついたような感じはもうなくて、生徒会長としての真剣な表情だけが浮かんでいた。

「写真で確認しておいたから間違いないわ。あれは木本《きもと》さんよ」

「木本さんっていうんですか。しかし、写真を見てたとしてもよく気付けましたね」

「ええ、ちゃんと目を凝らして見張っていたから」

プリクラに夢中で見張りなんか忘れてたように見えてたけど、マジか……。

改めて会長の底知れなさを感じながら、俺はまた質問する。

「彼女は不登校気味という話ですけどその理由はなんです？　まさかイジメとか……」

「いえ、そういったことは確認されていないわ。私が目を光らせている学校でイジメなんて発生させるわけにはいかないし」

えらいことをサラッと言う会長だが、それを事実にするだけの力がこの人——ひいては今の生徒会にあるのは事実なんだよな。

「理由はいろいろと推測できるけれど、本人に訊《き》くのが一番でしょうね。ただ、少なくとも積極的なものではないというのは、彼女の様子を見れば明らかだけど」

見ると、件《くだん》の女子生徒——木本さんはしばらく店内をあてもない感じで歩いていたかと思うと、やがてクレーンゲームの筐体《きょうたい》の前で足を止めた。

ぼんやりとした表情でゲームをするでもなく中の景品を眺めており、明らかにそれが目的でここに来たという感じではなかった。

「……時間をつぶしてるって感じですね」

「……そうみたいね。じゃあ、そろそろ行きましょうか」

会長はそう言うと、筐体から離れて木本さんの方へと歩き出した。

俺は一瞬どうしようか迷ったが、すぐに会長の後を追った。

木本さんは相変わらず何をするでもない感じでクレーンゲームを眺めていて、俺達の接近には気が付かないようだった。

しかし会長がすぐに近くに立つと、ようやくその気配に振り向いた。

「こんばんは木本さん」

「……え？」

突然声をかけられ、木本さんは驚き戸惑っている感じだった。

「だ、誰ですか……？」

俺と会長へ交互に視線を向けながら、どこか怯《おび》えたような表情を見せる。

まあ夜のゲーセンで見知らぬ人に話しかけられたらそりゃビビるよな。

「急にごめんなさい。私は姫崎優里奈《ひめさきゆりな》です」

「え、姫崎……？　姫崎さんって、もしかして……」

「ええ、あなたの通う高校の生徒会長よ」

「ええ⁉」

本気で驚愕《きょうがく》する様子の木本さん。

会長は学校では有名人だから木本さんも評判は知っているのだろう。そんな人物がいきなり現れたのだから、その反応も当然だ。

「ど、どうして姫崎会長がここに……？　それにその格好とかそっちの男の人とか……」

「ああ、これにはちょっと事情があってね。こっちは風紀委員の南条くん。今日は私達二人であなたに会いに来たのよ」

焦《あせ》る木本さんを尻目に、会長は淡々と話を進めていく。

落ち着いた雰囲気を出すことで相手に安心感を与えているのかもしれない。

「え、私にって……」

「あなたが最近学校に来ていないと聞いたので、事情を聞きたいと思って」

「……！」

単刀直入に言う会長に、木本さんの顔が強張《こわば》る。

しかし会長は責めているような気配は一切出さず、優しく諭すように続けた。

「安心して、別にあなたを注意しに来たとか補導に来たとか、そういうのではないわ。ただ話を聞きに来ただけなのよ」

「………………」

「やっぱり話しにくい？　私相手じゃダメ？」

「そ、それは……。姫崎会長がダメだなんて、そんなこと……」

「私に話しにくいのは、もしかして関係がないからかしら？　不登校の原因は学校にはないから、だから生徒会長の私には話せないと思ってるとか？」

「え？」

ハッとまるで図星を突かれたかのような反応を見せる木本さん。

「だとしたら、やっぱり家庭の方に何か原因があるのかしら」

「…………」

「話しにくいのは当然だと思うわ。でも、もし一人で抱え込むのが辛《つら》かったら相談してほしいの。生徒会長として、悩んでいる生徒は放っておけないから」

「で、でも……」

「大丈夫よ。私は何があってもあなたの味方だから」

俯《うつむ》く木本さんに、会長はどこまでも優しく声をかける。

会長の雰囲気が彼女の心を解きほぐしていってるのが、傍《そば》で見ている俺にもわかった。

……やっぱり、会長はすごい。

ほとんど同じ年代なのに、他人に対してあんな包容力を発揮できる人間がどれだけいるだろう。……すごいとしか言いようがない。

「……わ、私──」

ジッと答えを待つ会長に対し、木本さんはやがて意を決したように口を開く。

言葉に詰まる彼女に、会長はやはり優しく寄り添っていた。

木本さんの話は最初とりとめがなかった。彼女自身も、自分の心というものを正確に理解できていないようだった。

しかし、会長は急《せ》かすことなくゆっくりと話を聞いていた。

感情が高ぶりそうになったら彼女をなだめ、上手《うま》く説明できないようなら言葉を補足しながら、会長は根気強く彼女に相対していた。

そうしてわかった彼女の不登校の理由は、やはり会長が言った通り家庭の事情によるものだった。

母子家庭で母親との仲がギクシャクし始めて、何もかもが嫌になって学校へも行きたくなくなって——……彼女はどこか涙声でそう語った。

「なるほど……。私も母子家庭だから気持ちがわかるわ」

「え？　ひ、姫崎会長もそうなんですか……？」

「ええ、母との関係がこじれたこともあったわ。だからあなたの気持ちもわかるの」

意外なカミングアウトに、俺も木本さんも目を見開く。

「でもお母さんとのことが原因なら、やっぱり二人で話し合うしかないわね。寂しいなら寂しいと、思ってることを正直に伝えるしかないわ」

「で、でも、お母さんは私の話なんか……」

「それは大丈夫。お母さんはちゃんと聞いてくれるわ。私が保証する」

「ど、どうしてですか？」

「実は事前に、あなたのお母さんに会ってきたのよ」

「「え⁉」」

会長のその意外な言葉に、木本さんだけじゃなく俺も思わず声を上げた。

「ど、どういうことです会長？　木本さんのお母さんと会ってたって……」

あまりに意味不明だったので、今まで黙っていたがついそう質問する俺。

すると会長は平然とした様子で、

「言葉通りよ。木本さんのことを事前調査する段階でもしかしたらって思ってね。それであらかじめ話をしに行ったのよ」

「な、なんでそんなことを？」

「不登校の理由に前もって目途を付けたかったからよ。行き当たりばったりで木本さんに会いに行っても適切な助言なんてできないでしょう？　だから事前にできる限りの情報を集めておいたの。学校でもクラスメートや先生に話を聞いたり、中学時代の友達にも会いに行ったりしてね。お母さんに会ったのもその一環よ」

「そこまでしてたんですか⁉」

「？　当然でしょう？　生徒のために尽くすのが生徒会長の役目なのだから」

当たり前とばかりにそう言う会長に、俺は言葉を失ってしまった。

……すごい。マジですごすぎる。

生徒のためと口で言うのは簡単だけど、本当に徹底して行動にまで移す会長の姿勢は、ちょっとなんて表現したらいいかわからないくらいすごかった。

たった一人の生徒のために詳細な事前調査をし、あまつさえその親にまで会いに行くなんてそんな生徒会長がどこにいるっていうんだ？

……けど、実際にそれをやってのける人が今目の前にいるんだよな。

俺は胸が熱くなるのを感じた。感動と誇らしい気持ちが込み上げてきて、あまりの眩《まぶ》しさに会長を直視できないようにさえ思えた。

やっぱり会長は、本当に本当にすごい人だ……！

もともと尊敬していたけど、今はその気持ちがさらに強くなっていた。

心酔するってのは、もしかしたらこういう心持ちなのかもしれない。

「木本さん、そういうわけだから大丈夫よ。お母さんはきっとあなたの話を聞いてくれるから、勇気を出して自分の気持ちをぶつけてみなさい」

「ほ、本当ですか……？」

「私が保証するわ。でももし上手くいかなかったら、その時は相談して。今度は私も一緒にお母さんと話してみるから」

「ど、どうしてそこまでしてくれるんですか……？」

「何度も言ってるでしょう？　私が生徒会長だからよ」

そう言ってニコリと笑みを浮かべる会長。

すると木本《きもと》さんはしばらく呆然《ぼうぜん》としていたが、やがて顔に手を当てて泣き始めた。

会長は少し驚いた様子だったが、すぐにそんな彼女を優しく抱きしめる。

まるで小さな子供を包み込むようなその姿には、傍《はた》から見ているだけでも心が温かくなってくる。

ありがとうございますと涙声で繰り返す彼女の背中を、会長はいつまでも優しく撫《な》でてあげていた。

俺はその光景を眺めながら、改めて会長への尊敬の念を強めるのだった。


それから数分くらい経《た》った後、木本さんは会長からゆっくりと離れた。

その顔にはさっきまでの虚《うつ》ろな感じはもうなく、涙のあとは残っているもののどこかすっきりとした表情が浮かんでいた。

お母さんと話してみます――木本さんはそう言って深々とお辞儀をした。

会長は満足そうに頷《うなず》きながら「がんばって」とそれだけを返す。

心なしかしっかりとした足取りになった木本さんを見送りながら、会長はその姿が見えなくなるまで温かい視線を送り続けていた。

「……お疲れさまでした会長。なんというか……、お見事でした」

「想定よりも上手くいったわ。木本さんが素直な子だったから。これでまた学校にも来てくれると思うわ」

「会長の緻密さも大きかったと思います。まさかあんな万全の準備をしてたなんて」

「準備を徹底するのは臆病だからよ。勢いでいって失敗するのは怖いから」

そう言って謙遜してはいるが、会長の顔には満足そうな笑みが浮かんでいた。

「俺、別にいりませんでしたね」

「そんなことないわ。隣にいてくれただけで心強かったもの」

「……ありがとうございます。でも変装はいらなかったですよね」

「それは絶対に必要だったわ」

……なんでそっちの方がハッキリ否定されてるんだ。

「なんにせよ、これで任務完了ってところですね」

「そうね。じゃあデートの続きをしましょうか」

「そうですね。じゃあ帰ると——……え？」

「どうしたの？」

「い、いや、デートってどういうことです？」

「私達はデート中のカップルなのだから、デートするのは当たり前でしょう？」

「木本さんの件は片付いたんですから、もうそんな設定はいらないのでは⁉」

「一度決めたことは最後までやりとげなければいけないのよ。……昔の偉人はこう言ったわ。『家に帰るまでが遠足です』と」

「校長先生のことを偉人って表現するのは初めて聞きましたが⁉」

なんかドヤ顔で語る会長だが、ハッキリ言って意味不明すぎる！

「む……。じゃあせめて、帰り道くらいはカップルのままで行動しましょう。ここでやめてしまったらもったいない——木本さんを警戒させないためだけに演技をしていたことになって不誠実だから」

「その理論も謎なんですが……」

よくわからない譲歩をする会長に、俺はゲンナリと肩を落とす。

……これは、なんか反論しても無駄みたいだな。

「はぁ、わかりました。じゃあそれでいいので帰りましょう。もう遅い時間ですし」

「……そうね。デートしてるカップルっぽくお願いするわ」

「軽く無茶ぶりしてくれますね……。じゃあ、そうだな、ジュースでもおごります」

「ジュース？」

「結局俺は何もしませんでしたから、そのお詫《わ》びも兼ねて。何がいいですか？」

「え？　じゃ、じゃあ……、コーラを」

「わかりました」

俺は「待っててくださいね」と会長をその場に残し、自販機コーナーへと向かう。

言われた通りコーラと、自分用にもう一本を購入。

取り出し口からコーラの缶を取り出していると、ふと以前にもこんなことがあったような既視感に襲われる。

……あれはいつだったか。二年くらい前？　まあ、いいか。

ふわふわした記憶をちゃんと思い出すことはせず、俺は会長のところへと戻る。

が、物陰から顔を出した瞬間、ある光景が目に飛び込んできた。

「ねえねえ、一人で暇なの？」

「すげーかわいーね。俺達と遊ばない？」

どこから現れたのか、二人の若い男がしきりに会長に話しかけていたのだ。

見た目からしてチャラい二人組で、その顔には下心丸出しの軽薄な笑みが浮かんでおり一目でナンパ目的だとわかる。

会長はそんな二人に軽蔑の視線を送りながら鬱陶しそうに手を振っていたが、二人組は空気が読めてないのか神経が図太いのか、そんなのおかまいなしで声をかけ続けていた。

……はぁ、夜の街ってのは必ずああいうのが湧くんだよな。

俺は久しぶりの光景に心底呆《あき》れながらため息を吐《つ》く。

超絶美少女な会長があんな派手な格好をしてるんだから、ああいう連中が寄ってくるのは当然と言えば当然だけど、だからって好き勝手させておく道理もない。

俺は足早に会長のところへ近づき、

「ごめんごめん、待たせちゃって。じゃあ行こうか」

「え？」

驚く会長の手を取ってそのまま店の外へと向かう。

ベタなやり方だが、ああいうナンパ野郎どもにはこういうのが一番いい。

大抵は呆気《あっけ》に取られてそのままやり過ごせるから。

「あ、おい！　なんだてめぇ！」

「待てよこら！」

だが時々ああやって追いかけてくるやつらもいる。

そういう場合は――……まあ、さっさと逃げるしかないよな。

「会長、ちょっと走りましょう」

「あ、う、うん」

俺はそう言って会長の手を引いたまま駆け出す。

といっても純粋にスピード勝負なんてやってられないので、少し走ったらさっさとビルの陰や路地に隠れるのがベストだ。

……ええとこの辺りだと、あそこだな。

俺達は角を曲がると同時に近くの路地へと身を隠した。

直後、追いかけてきた二人組が気付かず走り去っていくのが見えた。

「やれやれ、単純で助かった……。大丈夫でしたか？」

俺は二人組がいなくなったのを確認してから、会長の方へと振り返る。

すると会長は、どこかボーッとした感じで俺の方をジッと見つめていた。

「会長？」

「え？　あ、わ、私は大丈夫よ」

「すいませんでした。俺がいなかったばっかりに」

「な、南条《なんじょう》くんのせいではないわ」

「あの、もうそろそろ手を……」

「え？　あっ、ごめんなさい！」

俺が離そうとしても手を摑《つか》んだままだったことを指摘すると、会長は少し焦《あせ》った感じでパッと飛び退《の》いた。

……なんだかちょっと様子がおかしいけど、動揺してるのだろうか？

まあ夜の街でナンパに遭ったんだから動揺するのも当然か。

会長は普通の人とは違うと勝手に決めつけていたけど、こういうところは年相応の女子と変わらないのかもしれない。

「安心してください。あいつらはもう行っちゃいましたから」

「そう、別にあんな男達のことはどうでもいいんだけれど」

「あ、すいません。てっきり怖かったんじゃないかと思ったので」

よかれと思った気遣いに会長が平然と返してきたので、俺はちょっと焦る。

「い、いえ、別に会長のことを侮《あなど》ったわけではなくてですね……」

「そんなことより南条くん、さっきの行動だけど」

「え？　さっきのとは？」

「わ、私を守ってくれたことよ。……その、ずいぶんと手慣れた感じに見えたけれど」

「いやまあ、それは、昔ちょっと……」

会長の指摘に、俺はドキリとしながら言い淀《よど》む。

手慣れた――という会長の言葉は正しい。

実際、俺はこういったことには慣れていたからだ。

……ただ、そのことはあんまり口に出したくない。会長相手には特に。

「昔って、ああいうことを昔したということ？」

「ま、まあ、そうですが」

「そのことについて、覚えていることとかはないかしら？　特に印象に残ったこととか、そういう出来事は？」

俺が言い淀んでいると、会長はなぜかさらに突っ込んで訊《たず》ねてくる。

けどその話を詳しくしようとすると、必然的に俺の過去の話にも触れざるを得なくなるので困ってしまう。

俺にとっては黒歴史な時期の話だから、積極的に話したいことじゃない。

会長相手には、特に。

「いや、別に大した話はありませんよ。さっきと同じようなことを何度かしたことがあるっていう程度で」

「そ、そう」

なのでそう答えると、会長はなぜか残念そうな顔で俯《うつむ》いてしまった。

……なんだろう。よくわからない反応だけど、俺の一言で会長を落ち込ませてしまったみたいでなんだか申し訳ない気分になるな……。

「あ、そうだ、これどうぞ。走ったから、開ける時は気をつけてください」

俺は話題を変えるために、買っておいたコーラを差し出す。

走って喉も渇いただろうし、気分転換にもなるだろう。

「……ありがとう」

会長はそれをどこかぼんやりした様子で受け取る。

そして俺も自分のを開けて、そのまま二人でゆっくりと歩き始めた。

しばらく無言のまま並んで歩く俺達。

会長の方をチラッと見るとやっぱり黙ったままで、なんだか居心地が悪い。

なにか不機嫌にさせるようなことをしただろうかと自問してみる。

……もしかして、帰りもカップルっぽいデートを装《よそお》うって話は本気で、そうしてないことに怒っているのだろうか？　完璧主義っぽい会長のことだからあり得る……。

「あのー……、デートってどんな感じかわからなくて、上手《うま》くできなくてすみません」

そう考え、とりあえず謝っておく俺。

しかし会長は「え？」と意外そうな顔で振り向き、それから少し笑った。

「そんなことはないわ。……こうやって並んで歩いて、一緒のジュースを飲んでるだけでもデートっぽいと思わない？」

「そう、ですか……？」

「ええ、私はこれで十分デートだと思うわ」

どこか遠い目をしながらそう言う会長。

俺にはその感覚はよくわからなかったが、いつの間にか会長の機嫌が直っているようなので、それはよかった。

「あの時もこうやって……」

「え？」

「な、なんでもないわ。それより、やっぱり南条くんは夜の街に慣れているような感じに思えるのだけれど」

「ああ、いえ……。少なくとも今は夜遊びなんてしてませんよ」

「南条くんが夜遊びをしてたなんて思ってないわ。きっと何か事情があって、その時の経験が今も変わらず出たのね。咄嗟《とっさ》に女の子を守って逃げるなんて、そんなこと簡単にできることじゃないもの。ね？」

なぜかチラッチラッと視線をこちらに向けながら言う会長。

ただ、その手の話題は極力触れられたくないものだったので、俺としては言葉を濁しながらなんとかやり過ごすしかなかった。

そうやって針のむしろのような時間を過ごしていると、十字路に差し掛かった時会長が「あっ」と声を上げて、

「……私はこっちなんだけど」

と、残念そうな顔で振り返った。

「……もう一度、街に戻ってデートをするというのはどうかしら？」

「何のために⁉」

「ほら、他に夜の繁華街をぶらついている生徒がいないか監視するためよ」

「俺達がモロにその対象だと思うんですが⁉」

俺のツッコミに、会長は「くっ」と悔しそうな顔。謎だ。

「……仕方ないわね。今日はこれで解散としましょう。目的は果たせなかったけれど、十分堪能《たんのう》はしたし……」

「いや、目的はちゃんと果たしたじゃないですか……。それはともかく、家まで送っていかなくて大丈夫ですか？」

さっきのナンパのこともあり、俺は気を遣ってそう言った。

「え⁉　それは魅力的な——い、いえ、さすがにそこまでしてもらったらいろいろ歯止めが利《き》かなくなりそうなので遠慮しておくわ……」

……何の歯止めが利かなくなるんだ？

「それじゃ南条くん、今日はどうもありがとう。また明日、学校で」

俺の内心の疑問は当然スルーして、会長は去っていく。

会長の後ろ姿を見送った後、俺は踵《きびす》を返して歩き出した。

結局、俺は今日何をしに来たんだろう？　という疑問が浮かんだが、深く考えたら負けなような気がしたので考えるのをやめた。

ぼんやりと、さっきまでの出来事を思い返す中で、ふと会長の一言が頭に浮かぶ。

「……今も変わらず——か。いや、俺は変わりましたよ」

会長のその言葉には深い意味はなかっただろうが、俺にとっては大事なことだった。

あてもなく夜の街をさまよっていたあの頃と今は違うんだという自負は、確かなものとして俺の中にあったから。

……とはいえ、そんなことを何も知らない会長に言うことでもないから、誤魔化すしかなかったんだけどな。

「……さっさと帰ろう。今日もまた渚《なぎさ》に全部家事をやらせちまう」

俺はそんな独り言を呟《つぶや》きながら、足早に家路につくのだった。


で、その次の日。俺は風紀チェック当番の仕事を早めに交代し、風紀委員が使用してる多目的室へと向かっていた。

ちなみに早く終わったのは、今日はなぜか会長が姿を見せなかったからだが、何かあったんだろうか？　まあ、久しぶりに平穏な時間でよかったんだが……。

それはともかく、昨日のあれは何だったんだと委員長を詰めないといけない。メッセだとあの適当人間は埒《らち》が明かないからな。面倒だけど直接会ってガツンと言っておかないと。まったく……。

そんなことを考えながら多目的室のドアを開けると、そこには委員長の姿はなかった。

「おかしいな？　この時間はいるはずだけど。……まさか」

またサボりか？　と思っていたら、背後から足音が。

振り向くとちょうど委員長が戻ってきたところで、俺は文句を言おうと口を開きかけたが、寸前で思いとどまった。

というのも、委員長が珍しく真面目な雰囲気で難しい顔をしていたからだ。

「何かあったんですか？」

訊ねると、委員長は俺の顔を見るなりスマホを取り出してとある写真を見せてきた。

そこには夜の繁華街で、金色の髪に派手な格好をした会長の姿があった。

間違いない。これは昨日の写真だ。

俺の姿はなくて背景はゲーセン？　ということは、俺を待っている時に撮られたものらしい。会長が気付いた様子がないということは、これは隠し撮りなのか……？

……なんでこんな写真が？　と思うと同時に、嫌な予感がした。

俺の顔色を察したのか、委員長はこの写真について説明し始める。

どうやら、会長がこんな格好で夜の繁華街をうろついていたというタレコミのようなものが学校に送られてきたらしい。

それで今まさに、会長は教師陣に呼び出されて事情を聞かれているのだそうだ。

委員長もさっきまでその場に同席していたらしい。

「な、何ですかそれは!?　これは不登校生徒の件で、事情があってのことだってちゃんと説明したんでしょう!?」

俺の詰問《きつもん》に委員長は難しい顔をして、一応説明はしたがこんな格好だったとは知らなかったと答えた。

……そうか、あれは会長が勝手にやったこと。委員長に事前に言ってたわけじゃないから事情を知らないのか……！

「だったら俺が……！」

「あ、おい！」

俺は委員長が止めるのも無視して駆け出していた。

こんなことで会長の立場が揺れているという事実に、俺は居ても立ってもいられなかったからだ。

生徒指導室に着くと、中から声が漏れ聞こえてきた。

俺は勢いで中に入ろうとしたが、寸前で思いとどまって耳を澄ます。

「……ではこれは本当に姫崎《ひめさき》さんなのですね」

「まさか生徒会長がこんな格好で……」

先生と思《おぼ》しき声が途切れ途切れに聞こえてきて、その内容から心配していたことが現実に起きていることがわかり心臓が跳ねた。

会長が誤解されてる。

本当はそんな人間なのかと疑われている。

そう思った時、俺は気が付けばドアを開けて室内に飛び込んでいた。

「失礼します！　聞いてほしいことがあります！」

「え？　な、南条《なんじょう》くん⁉」

中にいたのは生活指導の先生と教頭先生で、その二人は俺のいきなりの登場に目を見開いていたが、それ以上に会長が驚いているようだった。

だが俺はそういった反応をスルーして、勢いのまま口を開いた。

そうせずには、いられなかったのだ。

「これは誤解です！　事情があったんです！　会長はそんな人ではありません！」

俺は言葉を探す暇もなく、文字通り必死で訴える。

頭の中には誤解を解かないと、いかに会長が素晴らしい人なのかを説明しないと、といった思いで埋め尽くされていた。

「会長のあの格好は非行とかでは決してありません！　不登校の女子生徒を捜すため、警戒されずに近づくための作戦だったんです！　一緒にいた俺が証言します！」

論理性とか順序とか、そんなことを気にしている余裕はなかった。

「そのおかげで無事、女子生徒と話ができて問題が解決したんです！　会長のやったことは間違っていません！　むしろ困ってる生徒になんとか手を差し伸べたいといった強い想《おも》いの発露なんです！」

とにかくわかってもらわないと——その気持ちだけがどんどん先走っていき、気が付けば自分でも何を言っているのかわからないままに、俺は口を動かしていた。

「会長はすごい人です！　俺が心から尊敬してる人なんです！　会長がすごいなんてこの学校の人間なら誰だって知ってると思うかもしれませんけど、そんな表面的なことを言ってるんじゃないんですよ！　完璧な生徒会長であるために実は陰ですごく努力してることとか、他人と接する時だって本当はすごく気を遣って、後であの時のやり取りはあれでよかったのかなんて反省したりする姿も俺は知ってるんです！　だって俺は高校に入学して以来、ずっと会長のことを見てきたんだから！　そう、あの日、新入生代表として堂々と壇上で演説する会長を見て衝撃を受けて以来、俺はずっと会長のことを見てきたんだ！というか自然と目で追ってしまうって言った方が正しいかもですけど、そうなってしまうくらい会長が輝かしい存在なんだから仕方ないじゃないですか！　美人だからとか、そういう見た目だけの話じゃないですよ⁉　他人を思いやる優しさとか人格の高潔さとか、そういった中身の素晴らしさが滲《にじ》み出てるからなんですよ！　だから、ああこの人はすごい人なんだなって、心から尊敬できる人なんだなって惹《ひ》かれるんです！　その証拠にですね、そもそも俺が風紀委員になったのだって実は会長の影響なんですよ！　生徒会はさすがに無理だけど、でもなんとか会長の力になりたい……！　この学校を一緒に良くしたいと思ったから、俺は風紀委員に入ることを決めたんです！　そんな風に、会長は周囲に良い影響を与えられるような人なんですよ！　他人を変えられる人なんてどれだけいるっていうんですか！　それだけで会長がどんな人かわかるでしょう⁉　だからその、つまりですね……！　何が言いたいかっていうと、そんな会長が間違ったことをするはずがないじゃないですかってことですよ！」

俺はこんな感じで、いかに会長が素晴らしい人物であるかを必死で訴え続けた。

頭の中はグチャグチャで論点の整理とかまるでできていなくて、もしかしてなんかキモいことを口走ってるかもしれないとうっすら思っていても止まらなかった。

なにせ今の俺は、会長が学校から指導を受けるなんてあり得ないんだとわかってもらいたくて、そのことだけしか頭の中になかったのだ。

「はぁはぁ……」

そうしてどれくらい経《た》っただろう。

息が切れる限界まで熱弁をふるった俺だったが、ふと気が付くと室内がシーンと静まり返っていた。

どうしたんだ？　と思って会長の方を見ると、なぜか顔を真っ赤にして口をパクパクと動かしながらこちらをジッと見つめていた。

……えっと、あれ？　なんだこの空気……？

「……いや、実に熱い演説でしたな」

「ええ、これも青春なのですかね」

「彼の話は姫崎くんの説明と一致しますな」

「そうですね。実際に木本《きもと》さんも学校に来てくれたわけですし、さすが姫崎さんといったところですね」

とその時、ずっと黙ったままだった生活指導の先生と教頭先生が口を開いた。

よかったよかったと柔和《にゅうわ》な笑みを浮かべて、修羅場な雰囲気など一切なかった。

……え？　え？　ど、どういうことだ？

これは何が起こってるんだろうと思いながら、再度会長の方を見る俺。

「な、南条くん、これはどういうこと……？」

すると会長は、やっぱり真っ赤な顔のまま震える声でそう訊《たず》ねる。

「い、いや、俺は会長がピンチだと思って……。隠し撮り写真とかタレコミとか、それで先生達に誤解されてるから、なんとかしないとって……」

「そ、それで誤解を解こうと飛び込んできたと？」

……え？　何その反応？　も、もしかして……？

「確かにそういう流れではあったけれど、私の方からちゃんと説明して納得してもらったわよ。別にやましいことなんてしてないんだから堂々とね」

「え、じゃあ別にこんなことしなくても？」

「ええ、普通に話は終わるところだったわ」

「な……っ⁉」

それを聞いて、俺は驚きとともに脱力するしかなかった。

……な、なんだそれ。俺はじゃあ余計なことをしたってわけなのか……？

考えてみれば、会長ほどの人ならこの程度の誤解なんてどうということはないんだ。

俺は、完全に先走ってしまったってわけか……。

「まあまあ、いいじゃないか姫崎くん」

「そうですね。彼のおかげで詳しい状況も把握できましたし、それに姫崎さんがどれだけ生徒から信頼されているかもわかりましたしね」

柔和な笑みを浮かべる教頭先生の言葉に、会長の顔の赤さがさらに増す。

その時初めて、俺はこれまでかなり恥ずかしいことを口走っていたんじゃないかということに気が付いた。

……いや、会長が素晴らしい人で尊敬してるのは事実だけど、それを本人の目の前で言うとか。うあああぁ……。

「南条くん、行くわよ」

会長は俺の腕を引っ張って、生徒指導室を後にする。

事が無事に収まってよかったと思う半面、俺は自分が的外れなことをしてしまった恥ずかしさで顔を上げることもできなかった。

引っ張られるままにフラフラと歩いていると、ふと会長が足を止めたことに気付く。

見ると、いつの間にか俺達は屋上へと来ていた。爽やかな風が頬を撫《な》でる。

……でも、どうしてこんなところに？　それに屋上は通常立ち入り禁止じゃ？

そう思っていると、会長は振り返ってまるで俺の心を読んだかのように「生徒会はここの鍵を管理してるからね」と言ってチャリチャリと振ってみせた。

「……で、南条くんはどうしてあんなことをしたのかしら？」

どうして屋上に来たのかという疑問には答えないまま、会長はいきなり訊《き》いてほしくないことをストレートに訊ねてきた。

……や、ヤバい。放心してて逃げ時を失った。

「い、いやまあそれはその……。会長が昨日のことで、あらぬ疑いをかけられてると知ってですね……」

「それで、私を助けるためにあんなことを？」

「まあ、そういうことです。結果的に無駄なことだったわけですが……」

「ふうん……」

　俺の説明に、会長はなぜか腕組みしながらプイッとそっぽを向く。

　なんだか一瞬身体《からだ》が震えてるようにも見えたが、恥ずかしさで震えたいのはこっちの方なので、きっと見間違いだろう。

「……どうして？」

「え？」

「だから、どうしてそんな行動をとったの？」

「で、ですから、会長のピンチだと勘違いして——」

「そうじゃなくて、ピンチだからって心配くらいはしても、普通あんなことまではしないんじゃないかしら？　なのに南条くんは実際に行動にまで移した……。その根本の理由は何なのか、知りたいわ」

「そ、それは、俺も当事者の一人だったし、あの格好も理由あってのことで、それが誤解されるなんて黙っていられなかったから――」

「そう、私はその『南条くんが黙っていられなかった』理由が知りたいの」

「……どういうことです？」

「同じ状況でも人によってとる行動は違う。ではどうして、今回南条くんはあそこまでの行動をとったのか？　そこには南条くんだけが持つ特有の理由があったはずよね？　それはなんなのかしら？」

「そ、そんなこと言われてもわかりませんよ。俺がそういう性格だったとしか……」

「本当にわからないの？　ちゃんと自覚している理由があるんじゃないの？」

妙に食い下がる会長。

だがその目はどこまでも真剣で、真《ま》っ直《す》ぐに俺を見つめている。

その視線を受けていると、まるで全てを見透かされているような感じがして、俺はついこう答えてしまう。

「……居場所がなくなるかもしれないって思うと放っておけなかったんですよ」

「居場所？　どういうこと？」

会長はさらに身を乗り出す。

一度出た言葉は飲み込めない。仕方なく、俺は続ける。

「……嫌なんですよ、俺は。自分の居場所がなかったり、なくなったりっていうのが、俺は嫌なんです。自分でも他人でも、そういうのはごめんなんです」

「どうして、そう思うの？」

「どうしてと言われても……」

「……もしかしてそれは、南条《なんじょう》くんの昔の話にも関係があるの？」

「な、なんで俺の昔なんて話になるんですか」

「だって昨日のことを思い返すとそうかなって。夜の街を知ってる様子だったり、逃げる時だって慣れた感じだったわ。だからもしかして、昔何かあったのかなって、それが南条くんのその考えにも関係あるんじゃないかって」

「………………」

「私、知りたいわ。南条くんのことを詳しく。……教えてくれないかしら？」

興味本位──ではなかった。

会長はやっぱり真剣な表情で、本気で知りたいと思っているようだった。

もちろん、だからといって俺の過去話なんて打ち明ける必要はどこにもない。

あまり思い出したい時期の話じゃないし、他人に言うべきことでもない。

何より、格好悪くて情けない話なのだ。

だから特に、尊敬する会長相手に打ち明けたくはなかった。

……でも、

「……つまらない話ですよ」

気付いたら、俺はそう言ってしまっていた。

会長の目が、まるで縋《すが》るような感じに見えて放っておけなかったからだ。

もちろん、そんなことはあるはずもなく単なる錯覚だろうけど、一度口にした言葉は戻すことはできない。

俺は一度大きくため息を吐《つ》いてから、ポツリポツリと語り出した。

昔っていうのは中学生の頃の話だ。

端的に言うと、俺は荒れていた。

いわゆる不良って感じで誰かに迷惑をかける系ではなく、ただただどこにも居場所がなく精神的に孤立していたという感じの荒れ方だった。

……そう、あの頃俺には居場所がなかったのだ。

事の始まりは両親の離婚だった。理由は知らない。価値観のズレだとか違和感だとか、そんな漠然とした感じだったように聞いていた。

少なくとも夫婦喧嘩《げんか》で揉《も》めた末の離婚とかではなくて、両者の合意の下での円満な離婚だったはずだ。……けれど、だからこそ余計に俺にはダメージが大きかった。そんなフワフワした理由で別れるような家庭の子供だったのだ、と。

俺は父親に引き取られ、いわゆる父子家庭ってやつになった。

親父《おやじ》はいわゆるエリートで、仕事をバリバリこなすタイプの人間だ。

そして同時に、息子である俺にもそのエリート志向ってのを押し付けてくるタイプでもあった。

教育熱心——といえば聞こえはいいが、実際は口うるさく過干渉なだけだ。

なのにコミュニケーションは上辺だけで、本質的に子供と向き合おうという姿勢がないのも問題だった。

家にいても心休まることはなく、だんだんとふさぎがちになり学校でも孤立していくことになった。

そうして中学三年生になる頃には、俺は遅刻欠席の常習犯になり、やがては不登校気味になった。家にもいたくないので、夜遊びまでし始めた。といっても夜の街をあてもなくフラつく程度だが、学校から注意されてもやめることはなかった。

夜の街には俺と同じように居場所のない子供達がいて、俺は自然とそんな連中とつるむことが多くなった。髪の毛も染め、典型的な『グレた』って状態になったわけだ。

とはいえ皆がイメージするような不良ってやつとは違って、暴力行為とか万引きとか、そういう悪事みたいなのには一切手を染めてなかった。

それは仲間達も同様で、俺達は何かにイラついていたわけじゃなく、ただただ居場所がなくてお互い身を寄せていただけだったからだ。

とにかく、そんな感じで俺は中学三年という受験がある時期にもかかわらず、学校にも行かず無為な時間を過ごしていたわけだ。

「夜の街に長くいると、そこで起きる出来事にも当然慣れてきます。ナンパ野郎が女の子に声をかけてる光景なんて日常茶飯事でしたから、助けて逃げるなんてことも何度もやったわけです」

「……何度も、ということは、それだけいろんな女の子を助けたということ？」

「ええ、まあ、そうなりますね」

「……ふうん」

……な、なんだ？　妙に視線が冷たい気が……。

「あの、どうかしました……？」

「別に。道理で手馴《てな》れてると思っただけ」

「なんか棘《とげ》があるような……。まあとにかく、これが俺の昔話ってやつです。そういう経験から、俺は人の居場所ってやつにこだわる人間になったんですよ」

「……そう、だったのね」

「風紀委員になったのも、そういった過去の出来事の反動って言っていいのかもしれません。贖罪《しょくざい》ではないですけど、そんな感じで……」

　俺は少し自嘲気味に、そう話を終えた。

　改めて口にしてみると、本当に子供だったなと自分でも思う。

「話してしまった後でなんですが、会長には知られたくないことでした。風紀委員として皆に指導してる生徒が、昔こんなだったなんて笑えませんからね。軽蔑されても仕方がないと思っています」

「見くびらないでほしいわ。昔と今は違う話よ。そんなことで人を見る目を変えるつもりなんてないわ。……そう、昔は昔なんだから……！」

　まるで自分に言い聞かせるようにそう言う会長。

「……べ、別に昔のことを覚えてないからって拗《す》ねてなんかいないし……！」

「会長？」

「っ!?　な、何でもないわ。とにかく、そんなことで南条くんの評価が変わったりなんてしないから心配いらないわ。それに、南条くんはそんな状態からこうやって立派に更生したじゃない。自分の力だけで変われるなんてすごいことよ」

「いや、別に自分の力だけで変われたわけじゃないですけどね」

「え？」

「というか、自分の力だけじゃ変われなかったですね。……あの子と出会わなければ」

「あ、あ、あの子⁉　あの子って何⁉　どういうことなの⁉」

「うわっ⁉」

何気なく言ったことにものすごい勢いで食いつかれ、俺は思わず後ずさる。

だが会長はそんなこと気にせず「誰⁉　どういうこと⁉」とさらに詰めてきた。

……なんでそこまで興味津々《きょうみしんしん》なのかわからないけど、まあここまでぶっちゃけたんだから、今更隠す事でもないよな。

「ですから俺が変われたのはある女の子のおかげだったという話で」

「その子のことを詳しく。どこの誰で今何をしてるの。名前は？　容姿は？　可愛《かわい》い？」

「なんで尋問風⁉　いや、知りませんよ。会ったのはその時の一度きりで、どこの学校の生徒かもわからなければ、名前さえ聞いてないんですから！」

「……どういうこと？」

「その子との出会いも例に漏れず、ナンパ野郎に絡《から》まれてたのを助けたのがキッカケだったんですけどね」

俺はその時のことを思い返しながら語り始める。

そう、あれは夏休みも終わりに近づいていた頃の話だ。

その子はとても目立っていた。金髪。胸元の大きく開いた服。超ミニスカ。そんな格好でしかもすごい美少女だったから、当然のように男共に目を付けられていた。

その子はそんな格好だったにもかかわらず、夜の街に不慣れな感じだった。

ナンパ野郎に囲まれて泣きそうになっていたところを俺が助けて、そして事情を聞くことになったんだ。

「プライバシーもあるので詳しくは話せないんですが、その子の話にはいろいろと共感できる部分があったんです」

「共感って……？」

「俺はさっきも言った通りの父子家庭だったんですが、その子は母親だけの母子家庭で育ったらしいんですね。で、俺とは逆に仕事で忙しい母親から放任されてた感じで、それに反発して派手な格好で夜の街に飛び出したんだって」

「え⁉」

「……どうかしましたか？」

「い、いえ、何でもないわ。それで？」

「そういう身の上話を聞いてると、ああ、この子も家に居場所がないんだなって共感したんですよ。でも同時に、ふとそれって親とのコミュニケーション不足なんじゃないかとも思ったんです。自分のことは棚に上げてね」

「……つまり？」

「その子と自分の境遇が似てるから、まるで自分の姿を客観的に見てるような感じになったんです。そうすると親にも問題があるけど、自分にもまた問題があるんじゃないかって気が付いて。今までは諦めてたけど、実はどうにでもできるんじゃないかって」

俺はその時のことを思い出しながら軽くほほ笑む。

「それで、俺はその子に言ったんですよ。一度、親と真正面から話をした方がいいんじゃないかって。言いたいことを言ってみればいいってね。まあ偉そうにアドバイスなんかしてますけど、内心ではほとんど自分に向けて言ってるみたいなものでした。俺自身が、親父に一度ちゃんと気持ちをぶつけてみるべきだって」

「そ、それで？」

「その子は俺の話を聞いて、やってみるって言って帰っていきました。実際に母親と話をしたのかはわかりませんが……。ただ、俺の方はその後、親父と話をしましたよ。自分の思ってることとかストレートにぶつけて。そしたら親父の方もいろいろと話してくれて」

「いろいろと、というのは？」

「俺に厳しく当たってた理由とかですね。親父も母さんとの離婚でいろいろ思うところがあって精神的にまいってたらしいです。俺が母さん似だったこととかもあったとか、聞いてみればなんだそりゃって話でしたよ。カッコ悪いなって。……でも、正直そういう話を聞けたのはよかったなって思いました。親父も大変だったんだなって」

　実際、あの時はうれしかった。親父も俺と似たようなものだったんだなってわかって、妙に安心したのを覚えてる。

「その後は、気付いたら俺も自然と学校に行くようになって、夜に出歩いたりもしなくなりました。髪の色も元に戻して普通に生活して……。で、今に至るというわけですね」

「そんなことがあったのね……」

「ええ、聞いての通り、あんまり格好のいい話じゃありませんが……。とにかく、そういうわけで、俺が更生できたのは自分の力なんかじゃなく、その子と出会えたことがキッカケだったってわけです」

「そ、それって、その子は南条《なんじょう》くんにとって、う、運命の相手だったってこと……？」

「え？　ああ、まあそう言ってもいいと思いますけど」

「はうっ！」

……なんだ？　急に会長は胸に手を当ててのけぞったんだが……。

「そ、それで？　その子とはその後どうなったの？」

「いえ、ですからそれっきりですよ。さっきも言った通り、名前も訊《き》かなかったので」

「その子ともう一度会いたいとかは？　も、もし会えたら、南条くんはどうするの？」

「そうですね、もし会えたら……、やっぱりお礼を言いたいですね。君のおかげで俺はいろいろと取り戻せたって。でもまあ、向こうはこっちのことなんて覚えてないかもしれないですけど——」

「そんなことはないわ！」

俺の言葉を遮るように、会長は力を込めてそう言った。

その反応に俺が戸惑っていると、会長はゆっくりと続ける。

「そ、その子は絶対に南条くんのことを忘れてないわ。むしろ南条くんと同じくらい——いえ、それ以上に運命の人だったたって思ってるに違いないわ！」

「か、会長……？」

「はっ⁉　い、いえ、私はそう思うってだけで……」

「会長、ありがとうございます。そう言ってもらえると、うれしいです」

俺は笑顔でそう答えた。

確かめるすべはないけれど、もしそうだったら——あの子も俺と同じように救われたなら、とてもうれしい。

「…………」

会長は、俺の方をジッと見つめてなんだかボーッとしている感じだった。

けれどやがて、どこか意を決したような様子で口を開くと、

「も、もし……、もしもの話だけれど……、その子が今まさに南条くんの前に現れたら、どうする……？」

「え？」

いきなり、そんな問いを投げかけてきた。

「どう、と言われても……。そりゃ、再会できたらうれしいですけど」

「そ、そう……。じ、実は、実はね……？　そ、その、わ、わ、私が——」

——キーンコーンカーンコーン。

とその時、会長の言葉をかき消すようにホームルームの予鈴が鳴り響いた。

会長は一瞬その音に呆然《ぼうぜん》と宙を見つめていたが、

「こ、これしきで退《ひ》くものですか！　チャイムになんて負けないわ！」

と、なぜか予鈴に謎の対抗心を露《あら》わにする。

「だ、だからね、わ、私が、その、じ、じじ実はその——」

そしてまたさっきと同じように何かを言いかけていたのだが、

——ふわ……っ。


「え？」

今度は一陣の風が吹いてきて、会長のスカートをふわりと持ち上げたのだ。

目に入ったのは、またしても黒。そして紐《ひも》。

……ひ、ひも!?

「…………」

気まずい沈黙が辺りを覆う。

お互い何が起きたのかよくわかっていた。わかっていたからこそ、どちらも固まって動

けないのでいたのだ。

「ち、ちちち違うのよ⁉　こ、これは、その、風紀チェック用に！　つまりこの前のデートで見せられなかったから今日……！」

だがやがて、会長が堰《せき》を切ったかのようにものすごい早口で何か喋《しゃべ》り出した。

といっても、まだ半ばフリーズしたままの俺の頭では何を言ってるのかほとんど理解できなかったのだが。

「だ、だからその……！　あああ！　こ、ここでのことは全部忘れてもらえると助かるんだけれど⁉　そ、それじゃあ！」

「あ、会長⁉」

そう言って突然走り去ってしまった会長に、さすがに我に返る俺。

だけど一瞬のことで呼び止める暇もなく、一人残された俺は呆然とその場に立ち尽くすしかなかった。

「……最後、何を言いかけてたんだ？」

しばらくして、ようやく気を取り直した俺はそう呟《つぶや》く。

衝撃の展開過ぎていろいろ記憶が吹っ飛んでいて、予鈴が鳴った後くらいからのことがハッキリとしない。

それでも、その前までのことはぼんやりと思い出すことができて、そうするとなんだか不思議と心が温かくなるのを感じた。

……どうしてかは上手《うま》く言えないんだけど。

なぜか少しだけ、あの時あの子と一緒にいた時間が一瞬戻ってきたような気がしたとでも言うのだろうか。

「……ありがとうございます、会長」

俺は自分でもよくわからないまま、なぜか会長に向けてお礼の言葉を呟きながら、自分の教室へと戻るのだった。

☆

その少女は一度だけ、中学時代にグレたことがあった。

原因は母親との確執。

母子家庭で育ったその子にとって母親は唯一の家族だったが、その母親は女優業の忙しさにかまけて娘をかまうことはほとんどなかった。

それでも娘は真《ま》っ直《す》ぐに育ってはいたが、一度だけ道を踏み外しかけたことがある。

中学三年生の頃、高校受験のことを相談しようと思ったが、母親は例によって好きにしろと言うばかり。

その一言でそれまでの鬱憤が爆発し、その子は家を飛び出した。

髪を金色に染め男の目を惹《ひ》きつけるようなキワドイ格好をし夜の街に飛び出したのは、一種の自傷行為に近かった。自分を見てくれないならどうなったってかまわないだろうとヤケになった末の子供っぽい反抗だった。

で、そんな格好で盛り場を歩いていたものだから、当然のようにガラの悪い男が寄ってくることになる。

どうにでもなれと飛び出してきたはいいが、いざとなると怖かった。

何の覚悟もできてなかった自分が情けないのもあって泣きそうになっていた。

「ごめんごめん、待たせちゃって。じゃあ行こうか」

そんな時に突如一人の少年が現れて、その子を助け出してくれた。

男の子は髪を染めていて格好なども囲ってきた男たちと大差なかったけれど、発する雰囲気はまるで違っていた。温かくて、どこか寂しそうなその気配に、少女はなんだかとても安心したのを覚えている。

少年は少女を落ち着かせるためか、自販機でコーラをおごってくれた。

それを飲みながら二人でゆっくりと歩いたあの時間は、少女にとって人生で初めて異性と過ごした時間だった。だからまるでデートみたいだと思ったのも無理はなかった。

しばらくして、少年は事情を訊《たず》ねてきた。

一目で少女が家を飛び出してきたばかりで夜の街に慣れてないことを見抜き、どうしてそんなことを？　と質問した。

他人に話すようなことではなかったが、少女は不思議議と少年になら話していいと感じて経緯を説明した。出会ったばかりだったけれど、信頼していたのだ。

少年は少女の話を真剣な顔で聞いてくれた。

くだらないとか甘えてるとか、そういうことは一言も口にせず、決して笑うこともなく黙ったまま受け止めてくれた。

話を聞き終えると、少年はしばらく考え込んだ後、こう発した。

「……親と話した方がいい。一度、本気で」

普通なら簡単に言わないでほしいと反発するところだが、そうは思わなかった。

なぜなら少年は、少女の話に心から共感してくれていたように見えたから。

きっとこの少年も何か問題を抱えているのだろう。そう思うと、少年のアドバイスは自然と心から受け入れられた。

それからも少女は少年といろいろなことを話した。

大半は他愛もないことばかりだったけれど、そんな話ができる男の子は今まで誰もいなかったから新鮮だった。

コーラを飲みながら言葉を交わし、二人で夜道を歩く。

少女にとってやっぱりそれはデートに他ならなくて、とても楽しい時間だった。

気が付けば少女は少年のことを好きになっていた。それは少女にとって初恋だったが、すぐにそれと自覚できた。

初めてのデートはあっという間に終わり、十字路で少年と別れた。

話に夢中で名前さえ訊くのも忘れていたが、もうどうしようもないことだった。

その後、少女は少年に言われた通り母親と話をした。

本気で気持ちをぶつけると、意外なくらいすんなりと母親は耳を傾けてくれた。

その時初めて、自分もまた母親とちゃんと向き合っていなかったのだと、子供っぽく拗《す》ねていただけなのだと自覚した。

髪の色も元に戻し、夜出歩くことも二度とせず、少女は高校へと進学した。

初恋の少年とのことは大切な思い出として胸にしまっていた。

けれどどんな偶然か、少女は高校で少年と再会することになる。

少年もまた髪色を戻し、いかにも真面目な雰囲気になっていた。だから最初はわからなかったのだが、気が付いた時には本当に運命を感じた。

ただ、残念ながら向こうは少女に気が付いていなかった。

だから思い出してもらおうと思ったのだけれど、実は気が付いていないだけで、少年は少女のことを忘れたわけではなかったのだ。

というか、むしろしっかり覚えていた。

それどころか、少女のおかげで自分も更生できたとまで言ってくれたのだ。

それを聞いた時、少女は泣きそうになった。

だって、だってこんなの、どう考えても——

「二人は結ばれる運命に違いないと言っても過言じゃないわよね……！」

会長は頬に手を当てて、熱いため息を吐きながらそう締めくくった。

ずっと黙って話を聞いていた生徒会の面々もまた、顔を赤くして話に聞き入っていた。

「はぁ、素晴らしいお話でしたわ……。そんな背景があったなんて……」

「確かに、マンガかと思えるくらいのストーリーだねぇ……」

「とても素敵です。運命的な恋……、改めて応援したくなりました」

会長の報告に、皆うっとりした顔を見せる。

会長はその反応に、実に満足そうに頷《うなず》いていた。

「それで、それからどうしたんですの?」

「そうだよ。相手の方も覚えてたなら、自分がその時の女の子だって言えばいいよね」

「言ったのでしょうか?」

「い、いえ、言わなかったわ」

「どうしてですの? 絶好のチャンスだったのでは?」

「そ、それは、予期しないアクシデントがあって……!」

「アクシデント?」

「い、いえ! あえて先延ばしにしたのよ! こちらと同じように、彼にも運命を感じてほしいから。そ、そう、あえてね……」

思慮深げに言う会長に「おお……っ」とどよめく三人。

「それはわかりますわ。でも、よく我慢できましたわね。忍耐強いですわ」

「そうだね。普通だったらそこで勢いで言っちゃうよね。まさかヘタレて言い出せなかったってわけじゃないだろうし」

「まさか、そんなことあるはずがないでしょう。相談者の方が相当自制心が強かったに違いありません」

「…………………」

盛り上がる三人に対し、なぜか冷や汗をたらしながら明後日《あさって》の方向を見る会長。

「……こ、こほん。とにかくそういうわけなので、これからも気付いてもらうための作戦を続けていくということよ。だから、これからも生徒会で相談すると思うけれど、よろしくお願いするわ」

会長の言葉に「もちろん！」と勢いよく返す生徒会メンバー達。

「私の相談も、これからも続けさせていただきますわ」

「もちろん僕もだよ。皆の話を聞いてるとなんだか勇気づけられるね」

「私の方も、これからも相談させていただければと思います」

「ええ、皆で恋の悩みを一緒に解決していきましょう」

生徒会は常に困っている生徒に寄り添う――特に、恋の悩みを抱えている人にはそれはもう全力で力になる――そんな気持ちを抱えながら、メンバー達はそれぞれこれからも自分達の『恋の相談』を生徒会に持ち込もうと考えるのだった。

「え？　恋の悩み……？」

ドアの向こうから聞こえてきた声に、俺は思わずそう呟《つぶや》いた。

今、俺がいるのは生徒会室の隣にある資料室だった。

風紀委員の仕事でここに書類を持ってきたわけだが、ちょうどその時生徒会室の方から漏れ聞こえてきた声に何気なく耳を傾けたのだ。

大半は途切れ途切れでよく聞こえなかったが、時折ハッキリと聞き取れるものもあり、『恋の悩み』という単語もその一つだった。

「……せ、生徒会って恋愛の相談もしてたのか？」

意外な事実に驚いたが、それ以上に気になっていることが実はある。

それは、その前に会長の声で聞こえてきた内容だ。

これも途切れ途切れだったが、いくつか気になる点があった。

とある女の子の話をしているようだったが、聞こえてきた単語にはいくつか心当たりがあったのだ。

……派手な格好で繁華街に――

……不良に絡《から》まれてるところを助けられ――

……一緒にコーラを飲みながら帰って――

「それって、もしかしてあの子のことなのか……？」

昔一度だけ出会ったことがある少女。

自分が更生するキッカケをくれた特別な少女。

そんなわけあるはずないとは思いつつ、その子のこととしか思えないような話が展開されていて、思わず耳を傾けてしまった。

全部の話が聞こえたわけじゃないからよくわからないけど、ある一つの可能性が俺の頭に浮かんできたのは間違いなかった。

「会長はあの子のことを知ってるのか？　ひょっとして恋愛相談って、その子の話だったりして……？」

そう思うと居ても立ってもいられず、盗み聞きは悪いと思いつつもさらに息をひそめて生徒会室の話に集中する俺。

……もしかしたら本当にそういう可能性も？　もしそうだったら――

「こら南条《なんじょう》くん！」

とその時、不意に背後から聞こえてきた声に、俺は心臓が飛び出そうなほど驚いた。

振り向くと風紀委員長がそこに立っていて、呆《あき》れた顔で俺を見ていた。

「資料を持っていくだけなのになかなか戻ってこないと思ったら、こんなところでなにをサボってるんだ」

「い、いや俺は……！」

「さっさと戻って仕事をする。じゃないと私がサボれ——休憩できないだろ。さあ」

「いや、ちょっと……！」

もうちょっとで話の真相がわかったかもしれないのに——と思いつつ、そんなことを口にできるわけもなく、俺は委員長にグイッと首根っこを引っ張られる。

だがその時、衝撃でか、急に頭の中にあの屋上での出来事——具体的には紐《ひも》パンの光景がフラッシュバックした。

何を思い出してるんだと自分でも思ったが、同時に一瞬だけ昔出会った少女と会長の姿が重なって、ドキリと胸が高鳴る。

まさかそんなわけがない——そう考えつつも、俺は委員長に引きずられている間もそのイメージをずっと払《ふっ》しょくできずにいたのだった。

あとがき

こんにちは、恵比須清司《えびすせいじ》です。

今作『美少女《びしょうじょ》しかいない生徒会《せいとかい》の議題《ぎだい》がいつも俺《おれ》な件《けん》』はいかがだったでしょうか。

余談ですが、私はいつもタイトルを決める際に結構苦労する方なのですが、今回は比較的すんなり決まったのでホッとしています。

ちなみに略称は思いつかなかったので自由に呼んでください。


さて、今回はその名の通り生徒会がテーマです。

生徒会——それは当たり前ですけど学校にしかないものです。

なので私にとって生徒会とは学園ものの象徴みたいな印象があったりします。

学園ものってラノベにおける王道の一つだと思うのですが、じゃあそもそも学園ものって何？　といわれると、なかなか定義が難しいです。

私は「学園が舞台なら学園ものだろ！」という程度の認識でいいと思うのですが、個人的にはその中でも「これが出てくれれば学園ものっぽいな」というのがあります。たとえば教室とかテストとか、委員会とか部活とか文化祭とか、そういう象徴的な要素があるとより強く学園ものだなって感じるわけですね。

そういう意味では今回の生徒会というのは、私としてはとても学園ものっぽさが出せたなと自分で勝手に満足しているというわけです。

でも冷静になって読み返してみると「……これっていうほど学園ものか？」とか「どっちかっていうと生徒会ものでは？」とか「いや、生徒会ものっていうにもなんだかアレな感じがするし……、なんだこれ？」みたいな感じになったりも。

まあ作品のジャンルなんて厳密に分ける必要もないことなので、そこにこだわっても何の意味もないということですね。

というわけで今回は『学園ものっぽいような生徒会ものっぽいような、よくわからない作品』を書けたことに満足しております。

ところで作品の始まりというか、どうしてその作品を書くことになったのか、スタート地点ってどこなんでしょうね？

人それぞれでしょうし、他の作家さん達がどうなのかとか全然わからないんですが、私の場合はキャラクターからが多い気がします。

今回の作品も始まりは生徒会長のキャラからでした。

朝の風紀チェックであんなことする生徒会長がいたら……？　というところから始まって、気付けばこんな作品になっていたという感じです。

機会があれば、いろいろな作品の原点というものも研究してみたいものです。


さて最後に、本作品を世に出すにあたってお力添えをいただいた方々に感謝の意を。

編集の小林さんには前回に引き続き今回も大いにお世話になりました。

イラストレーターのふわりさんにも、とてつもなく可愛《かわい》らしいイラストを描いていただき非常に感謝しています。本当にありがたい限りです。

またこの作品を読んでくださった読者の方々にもお礼を申し上げないといけません。

新刊を出す毎《ごと》に関わってくださった多くの人々に感謝の念が尽きません。

それでは、またお会いできる機会があることを願って——

二〇二五年二月二十三日　恵比須　清司

お便りはこちらまで

〒一〇二－八一七七
ファンタジア文庫編集部気付
恵比須清司（様）宛
ふわり（様）宛

富士見ファンタジア文庫

美少女《びしょうじょ》しかいない生徒会《せいとかい》の
議題《ぎだい》がいつも俺《おれ》な件《けん》

令和7年4月20日　初版発行

著者——恵比須清司《えびすせいじ》

発行者——山下直久
発　行——株式会社KADOKAWA
〒102-8177
東京都千代田区富士見2-13-3
0570-002-301（ナビダイヤル）
印刷所——株式会社暁印刷
製本所——本間製本株式会社

ISBN978-4-04-075885-5 C0193　◇◇◇

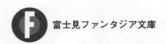

切り拓け！キミだけの王道
ファンタジア大賞
原稿募集中！
賞金
《大賞》300万円
《金賞》50万円
《銀賞》30万円
選考委員
細音啓「キミと僕の最後の戦場、あるいは世界が始まる聖戦」
橘公司「デート・ア・ライブ」
羊太郎「ロクでなし魔術講師と禁忌教典《アカシックレコード》」
ファンタジア文庫編集長
前期締切 8月末日
後期締切 2月末日
公式サイトはこちら！ https://www.fantasiataisho.com/

早瀬香菜《はやせ・かな》
生徒会会計を務める高校二年生。ボーイッシュな雰囲気を持つ美少女。
舞島杏梨《まいしま・あんり》
生徒会副会長を務める高校二年生。見た目も仕草も清楚でお嬢様な美少女。
姫崎優里奈《ひめさき・ゆりな》
生徒会長を務める高校二年生。全生徒の規範と言われるほどの人気とカリスマ性を持つ美少女。
南条渚《なんじょう・なぎさ》
生徒会書記を務める高校一年生。非常に生真面目な性格でクールな美少女。
美少女しかいない生徒会の議題がいつも俺な件

学園で風紀チェック
「あなたは風紀委員でしょう？スカートを測るのだって仕事のうち」
「そ、それは確かにそうですけど」

「……こ、ここなら少し大胆なことをしても……」
「今ならちょっと視線を動かすだけで、簡単に見えてしまうかもしれないわけだからね？」

バイト先でスキンシップ
「……よ、よし、がんばるんだから……！」
「そういえばハルの手を握ったのって初めてかもって思って……」

「ひ、紐パン……！　は、ハルヒサのエッチ！」
「うわぁ……。こ、これをいつか僕もリアルで……！」
ファミレスでエロマンガの感想会

「そのまま叩いてください！
やっぱりお尻は直接叩かれてこそ真価を発揮するのですから！」
「お尻の真価ってなんだよ!?」

「不出来な妹の尊厳を踏みにじってください！　はぁはぁ！」
南条晴久《なんじょう・はるひさ》
風紀委員を務める高校二年生。渚とは義理の兄妹関係。
自宅で義兄と打ち解ける

目次